石語《いしかた》り人語《ひとかた》り

石や岩の奇談をめぐって

落山泰彦

澪標

巧みに逃げまわる狐　「京大 電子図書館」より

しめ縄が張られた殺生石

蛙の土鈴

さざれ石

甑岩（こしきいわ）

道路上の夫婦岩

魚石の数々

伝承の魚石

水神社　―芦屋神社境内

東明王（トンミョンワン）—高句麗の始祖

江華島（カンファド）支石墓公園

日本の矢岳ドルメン　熊本県上天草市

『名画を味わう』
ピーテル・パウル・ルーベンス&
フランス・スネイテルス
「プロメテウスの肝臓をついばむ鷲」

『名画を味わう』
アントレア・テル・ミンガ
「デウカリオンとピルラが石を後に投げる」

石の宝殿

石の宝殿（カメラ魚眼）

上から眺めた石の宝殿（高砂市教育委員会提供）

園比屋武御獄石門（そのひゃんうたきいしもん）

玉陵（たまうどぅん）

座喜味（ざきみ）城跡

石敢当（いしがんとう）

斎場御嶽（さいばうたき）

立神岩

エフェソスの遺構群

アルテミス神殿　―円柱一本だけの遺構

セルシウス図書館

オデオン（音楽堂）

大劇場

アルテミス像

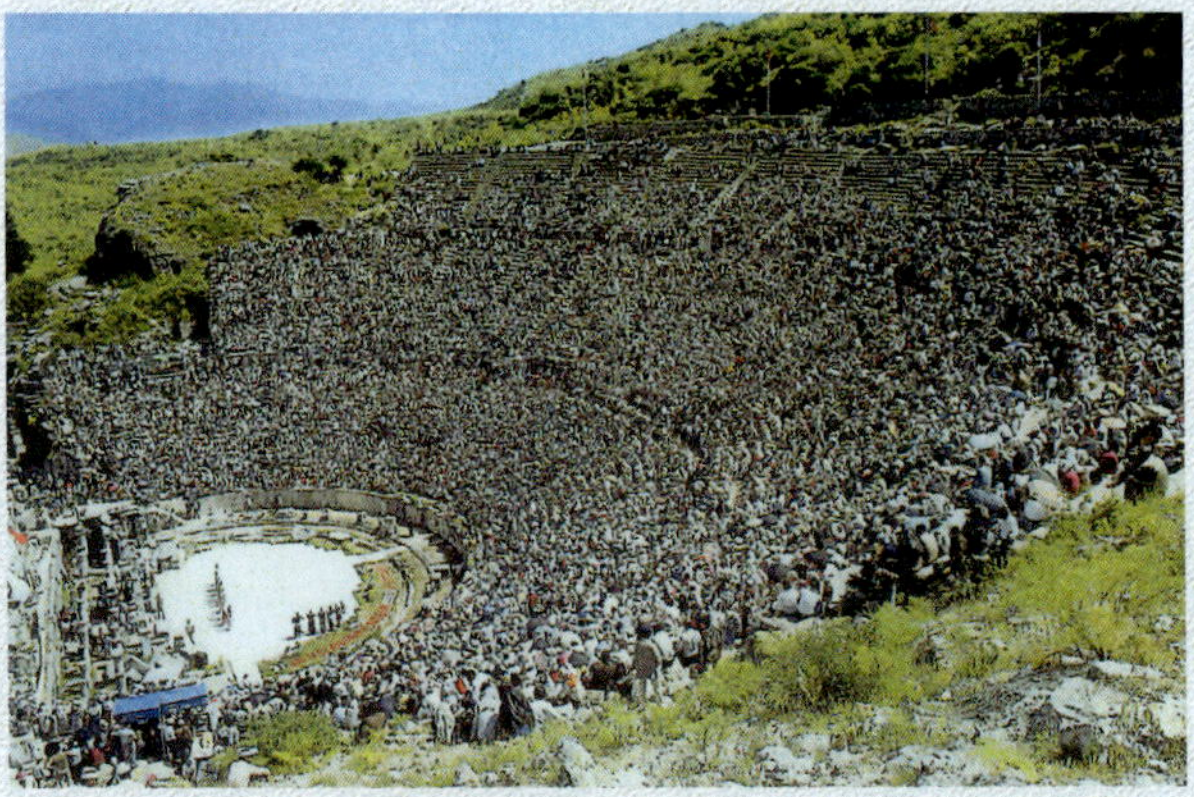

大劇場でのフェスティバル

パドリアス神殿

石道路の美しい模様

マーブル通り

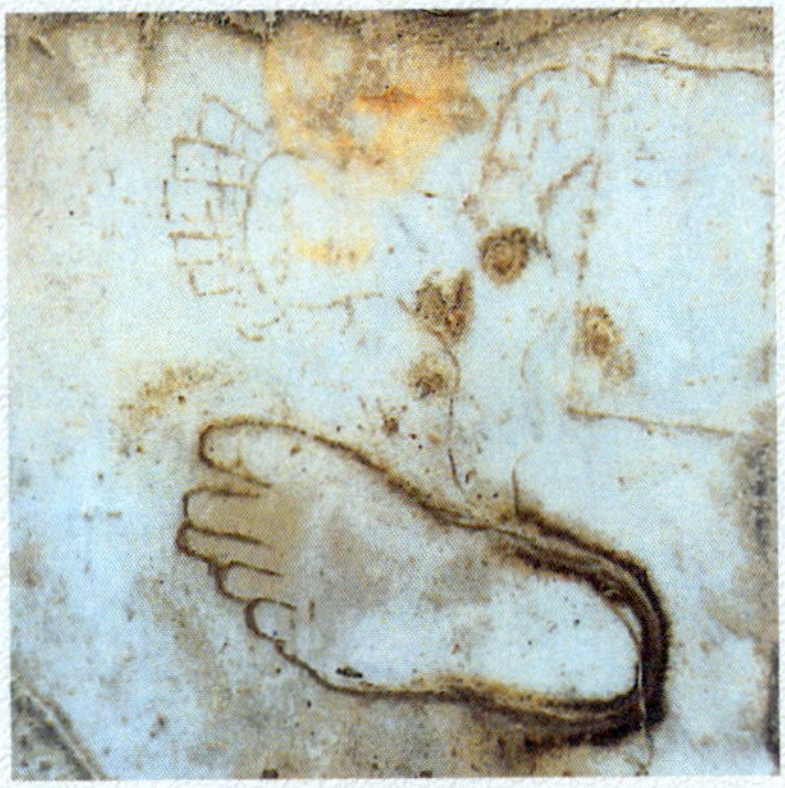

娼婦宿の道標

古典古代における七不思議

ギザの三大ピラミッド

クフ王のピラミッド —旅のアルバムより

(右) カフラー王のピラミッド

(中) スフィンクス
(左) スフィンクスの尻尾

ロゼッタストーン

パピルスにかかれたヒエログリフ

大英博物館

ナスカの石

牡丹石

ふくろうの石

富士山の形をした文鎮

苅藻島（和歌山湯浅湾）

鷹島（和歌山湯浅湾）

明恵上人が生涯愛玩した
二つの島で拾った石

『とんぼの本』（新潮社）より

石語《いしかた》り人語《ひとかた》り　石や岩の奇談をめぐって

目次

Ⅴ　ギリシャ神話の石語り

Ⅵ　古代オリエント石語り

Ⅶ　私と石の旅

装幀　森本良成

はじめに

堀口大學は詩集『人間の歌』のなかでこううたっている。

　石は黙ってものを言ふ
　直かに心にものを言ふ

そして天才彫刻家イサムノグチはこんなことを言っている。
「自然の石と向きあっていて熱狂が高まってくると、石が話をはじめるのですよ。その声が聞こえたら、ちょっとだけ手助けしてあげるんです」

『石を聴く』より

石や岩には神が宿ったり霊がのり移ったり、伝説、民話でも多く語られてこの世にあっていつまでも不思議な存在である。
「そんなバカな話を信じて、お前らは何を勘違いしているのか」と、その石を遠くに捨てようとしたり、又、その岩を打ち砕こうとした偉丈夫が、祟《たた》りで急に病の床に伏した話など、巷にはうわさ話のままで、実《まこと》しやかに語りつがれている。
古くからの伝説がある石、新しい伝承が創られた石、神が降臨したとして祀られている石等々、こんな石の話は枚挙にいとまがない。又、人類は太古の時代から石とかかわってきた。道具としての石、古墳、墓石、石造建築物としての石、それらの石にも奇談はたくさんある。そんな石の神秘な魅力を短編小説、民話、あるいはエッセイ、紀行文などで紹介しながら、追々《おいおい》に語っていくことにしよう。

尚、本文中に石と書いたり岩と書いたりしているが、本誌では厳密な区別はしていない。普通、石というのは岩より小さく、砂より大きい鉱物質のかたまりである。中国の昔の人は、山の石を岩（いし）と呼び、海の石を磯（いし）と呼んで文字で区別していたようだ。そう言われてみれば、岩という字は山と石でできている。
又、民話等の一部は文章にやさしさを出すため「ですます調」で書いており、敢えて「である調」で本誌全文を統一していないのでご承知おき願いたい。

さあ、それではそろそろ物語の世界に入っていこう。

I　変幻自在・変身する石語り

殺生石《せっしょうせき》となった狐

殺生とは仏教では十悪の一つで、生き物を殺すことを指す。人間に殺された狐が、その仕返しをするため殺生石になった話がある。

ここは下野国《しもつけのくに》那須野。※古びた禅寺があったが、生臭《なまぐさ》坊主たちは修行もせず、日々ぶらぶら遊んで暮らしていた。この寺の近くに殺生石があった。狐がしゃがみこんだような形の石で、村人たちの話では持ち帰ろうとしたり、その石に座りこんだ人は、毒気に当たりたちまち死んでしまう、ということだった。

この寺の生臭坊主たちがその話を聞き、面白半分に度胸だめしとて、三人連れ立って出かけた。そして石を転がしたり弄《もてあそ》んでいたが、うわさ話のとおり、三人共、急に気分が悪くなり、寺へ帰るまでに命をうばわれてしまった。

住職は石のそばに「立入禁止」の札を掲げて、皆が近づかないよう縄張りをした。

この殺生石という毒石の正体は一体何だったのだろう。ひるがえって、そこからさかのぼる遠い昔、都で玉藻前《たまものまえ》と名のる絶世の美人が貴人の寵愛《ちょうあい》をうけて幸せな暮しをしていた。この女性、美しいだけにとどまらず、なかなかの博識で仏教にも秀でて、どんな難問をしても、わかりやすい言葉で答えることができた。ある日のこと、詩歌管弦の催しがあった時、激しい風がふいに吹き灯籠《とうろう》の灯が消え、暗闇になったが、簾《すだれ》の中にいた一人の女から光が輝いていた。まるで玉が輝くようだったから、玉藻前と呼ばれるようになった。ところがある日のこと、着物を着ようとした時だった。お付きの人が、ふと尻尾が出ているのを目にした。付き人はその場では知らぬふりをしたが、やがて屋敷中にうわさ話がたつようになった。陰陽師《おんみょうじ》は妖力を持った狐が美女に化けていると占った。

正体を見破られた狐は命からがら、遠くへ遠くへと、落ち延びることに必死だった。しかし追手の目は厳しく、どこまでもしつこく追い続けてきた。　※口絵参照（巧みに逃げまわる狐）

とうとう下野国那須野で捕まり殺されてしまった。狐は何も悪いことなどしなかったのに殺されたのだった。そこで、恨みをもった殺生石となって、近づく人や家畜に毒気をはいて

下野国那須野　現在は栃木県那須町湯本。

殺してしまうようになったのである。

この話には後日談がある。

土地の神々は苦々しい思いで、相変わらず修行をしない坊主たちを見ていた。ある日のこと、大きななゐ（地震）が起こりこの寺はつぶれてしまった。生臭坊主たちも三三五五どこかに消えてしまった。

それから数年後、折から全国を行脚中の玄翁和尚《げんのうおしょう》※がこの地にやってきた。土地の神々は、この僧こそ寺の再興を託するのにふさわしい人物だと、いままでの経緯《いきさつ》をいろいろと話して援助を求めた。

寄進もあり、寺は着々と復興をとげていった。一人、二人と集まってきた修行僧たちの朝夕の読経の声が、再びしじまを破り響きわたるようになった。

しかし今度も村では落雷により山火事が発生し、山の木々を焼き尽くすという難儀がおこった。幸い麓にあった寺は類焼を免れた。

玄翁和尚はすっかり焼野になって景色をかえたあたりを見まわった。と、焼き尽くされた山のなかにあって、洞窟がぽつんと姿をあらわしていた。その洞窟の奥まったところには湯気が立っていて、温泉が湧いているではないか。十人くらい入れる大きな湯だまりもあった。喜んでいる和尚のそばにいつのまにかやってきた山の神がこんなことを言った。

「和尚が沐浴《もくよく》するのに不便を感じていると思うてな。それに湯治場《とうじば》として病気の人に恵みを与えたいと思うてな……」

そしてこうも言った。

「この地は寺の領地だから、しっかり管理をたのみますよ。でも、ここまで来るには焼け残っている森があって、例の殺生石があってな、今でも近づく人や家畜に昼夜となく、毒気をはいて殺してしまうんじゃ。どうか大きな金槌《かなづち》※でその狐石をたたき割ってはくれまいか。そうすると皆が安心して、この山に来て温泉に入れるんでな」

玄翁和尚は、この温泉はきっと山の神が授けてくれた賜物だと、深く頭を下げお礼を言った。そして皆が怖がっている殺生石を、命をかけてたたき割る覚悟をきめるのだった。

玄翁和尚　玄翁は道号で正式には源翁心昭《げんのうしんしょう》で、南北朝・室町初期に活躍した曹洞宗の禅僧。越後荻村の人。能登総持寺の法を嗣ぐ。伯耆・退休寺、下野・泉渓寺、安穏寺、会津・赤現寺などを開いた。また下野那須の殺生石を退治、教化したことで名高い。

金槌　頭の両端にとがりのない物・ゲンノウ。

早速、大きな金槌を持って出かけると、ありがたいお経を唱えながらこの狐石を二つに割り、現れた霊を成仏させたのだった。

この事があってから、大工や石工がノミを叩いたり、石を割る時などに用いる金槌のことをゲンノウ（玄翁または玄能）と呼ぶようになり、今の時代までその名を残すことになった。

《この物語について》

年老いてくると夜中によく目が覚める。そんな時はＮＨＫの「ラジオ深夜便」を聴く。ある日栃木県の温泉地、湯本の話があり、土地の神と玄翁和尚の温泉発見の手がかりが話され、玄翁は金槌の言葉の由来となっていることを知った。早速、玄翁和尚を調べてみると、「玉藻前」伝説があり、殺された狐が殺生石となっていたのを、和尚がたたき割って現れた霊を成仏させたと言う。

ここまで少しだけ調べると早速ペンをとり想像をたくましくして、私なりの物語にしあげた。なんと、これを書いたのが切っ掛けとなり、次々と石や岩の奇談をさがして書き続けることになった。

『別冊關學文藝』第五十六号に、「石や岩の奇談」と題して、九話を前篇として載せた。本年（平成三十年）六月九日に大阪の北区堂島「カーサ・ラ・パボーニ」で合評会があった。同人の伊奈忠彦氏より、参考にして下さいと、かつての彼の社友で広告会社㈱大広のコピーライターをされていた杉岡泰氏（関学・経卒）の『石の博物誌』(Ⅰ)、(Ⅱ)を貸して下さり、参考までにとコピーも四、五枚頂いた。コピーは「玉藻前」伝説や能「殺生石」、そして松尾芭蕉『奥の細道』の「殺生石」の行《くだり》などであった。

私は高校時代に読んだことのある芭蕉の「殺生石」の行をこれを見て思い出した。玄翁和尚が金槌でたたき割ったというこの石の類《たぐ》いが、江戸時代にも、そして今日までも那須町湯本の湯泉《ゆぜん》神社に隣接してあるのだ。

文芸評論家の蓮坊公爾《れんぼうきみや》氏から手紙を頂き、池田清隆著の『磐座百選』（※参考図書一覧）の本を紹介して頂いた。「別冊關學文藝」で「石や岩の奇談」を読んだとのことも書かれていた。早速、『磐座百選』をひもといたところ、17番目に温泉神社がとりあげられていた。那須与一が扇の的を射るとき、「南無八幡大菩薩、我国の神明、日光権現・宇都宮・那須のゆぜん大明神、願わくはあの扇のまんなかを射させ給え」と祈願をこめる場面がある。

ここに「那須のゆぜん大明神」とあるのが殺生石に隣接する湯泉神社のことだ。

そして、この本にしめ縄が張られた殺生石の写真が載っていた。

※口絵参照（しめ縄が張られた殺生石）

殺生石と称する石は各地にある。北海道、後志《しりべし》地方にはアイヌ伝説とともにこの石があり、秋田県の田沢湖町の玉山温泉の地獄谷、大分県には久住火山の山麓にもある。これらの地は、水蒸気を伴わない硫化水素や砒化水素を噴出するため、多くの動物が死んだ。

そう言えば松尾芭蕉「奥の細道」で黒羽で「玉藻前の古墳」を訪れ、それからこの地にある殺生石を見に行き、昆虫が死んでいたことが書かれている。

〝是より殺生石に行。館代より馬にて送らる。此口付《くちつき》のをのこ、短冊《たんざく》得させよと乞。やさしき事を望侍《はべ》るものかなと、

野を横に馬牽《ひき》むけよほとゝぎす

殺生石は温泉《いでゆ》の出る山陰にあり。石の毒気いまだほろびず。蜂・蝶のたぐひ、真砂《まさご》の色の見えぬほど、かさなり死す。〟

ところで「玉藻前」となっていた狐であるが、遣唐使、吉備真備の帰朝とともにやってきた金毛白面九尾の妖狐だったのが、最後は玄翁和尚が法力で成仏させたと言われている。今の世にある殺生石は黒石の輝石安山岩で、芭蕉がこの地で詠んだ句碑が傍らにある。

石の香や夏草赤く露あつし

馬子に与えた短冊の句は即詠で、この句はよくよく吟味されていると私は推察した。

蛙石の一生

昔、河内の国の川辺に、それはそれは不思議な石がありました。もともとからあったものではなく、いつのまにかこの村に棲《す》みついていました。どっしりとした構えで、大きなガマガエルによく似ていました。

村のおじいさんは、子供たちにいつもこんなことを言っていました。

「あの蛙石はなあ、とっても怖《こわ》いんじゃ。そばによったら大きな口をあけてパクリと食べられてしまうぞ。ゆめゆめ近づいたらあかん。わかったなあ」

あるとき、このおじいさんが帰ったあと、ガキ大将が子分たちを集めて言いました。

「おまえら、あんなもんはただの石じゃ、何を怖がっとるんじゃ、跳《と》んだり、はねたりするわけじゃねえ。誰か石の上にのって『やいやい、正体あらわせ』と言ってみいや」

でも、大将の命令には誰もしたがいません。

「おら、よういかん」

「おらも、そんなことようせんわ」

みんなは尻《しり》ごみするばかりです。

そこでガキ大将の一の子分がこう言いました。

「そしたら、大将が自分でやってみたら」

ガキ大将は考えておくとごまかしましたが、やはり内心は怖がっていました。

村人たちはこの石のことを、いつもたいそう、話題にしていました。大きな口を開けてスズメを丸のみにしたとか、「ツィピーツィツィピー」と楽しくさえずっていたシジュウカラも丸のみにされたとか。このままでは鳥たちがこの村にいなくなると、村人みんなは心配し、その対策をねるという有様でした。

そこで智慧《ちえ》をしぼった村人たちはある夜、蛙石が眠ったころをねらって、強い縄《なわ》でグルグル巻きにしました。

「やれやれ、蛙石め、これでもう口は開《あ》けられんぞ」

と言って、やっと一安心しました。

ところで、この話を小耳にはさみました太閤《たいこう》秀吉は、すぐ家来に命じました。

「蛙石とやらを大坂（大阪）城内に運んでこい。縄をといて鳥がいっぱい飛んでくるところに置いておけ。石が鳥を食べるのを余もみたいものじゃ」

太閤さんは高笑いするばかりでした。

以上は大阪の河内に語りつがれてきた民話である。ただし、太閤さんのくだりについては、私がつけ加えた。

さて、その後の蛙石についてである。

木内石亭《きのうちせきてい》が『雲根志《うんこんし》』の中で「大坂城の蛙石」として載せている。因みに木内石亭は江戸時代中頃の近江の人で、「石のほかに楽しみはなし」という自身の言葉にあるように、鉱物学の祖になった人である。奇石にまつわる話を集めた『雲根志』全十五冊は、今は琵琶湖文化会館に収蔵されている。

再びその後の蛙石の話に戻そう。

太閤秀吉は蛙石を大そう珍重して、どのようにスズメを食べるのだろうと強い関心をもっていましたが、やがて、この世を去ってしまった。

いよいよ落城の時がきて、淀殿の亡骸《なきがら》はこの蛙石の下に埋められた。そして、いつの頃からかお堀端乾櫓《いぬいそう》に向う隅に移された。

その後もこの石には奇怪な力があって、蛙石から堀に入水《じゅすい》する人が続いたり、また堀に身を投げて行方不明になった人も必ず、いつかはこの蛙石の基に浮かんでくるといわれてきた。又、この石に腰かけると誰でも自殺したくなり、死ぬと自殺者の下駄は、かならず蛙石の前に揃えてあったともいわれた。

太平洋戦争のドサクサのなか、この石はしばらく行方不明となっていた。奇怪な話があまりにも多いので戦後はアメリカ進駐軍によって接収され保管されていた、と言われている。やがて見つかり、昭和三十一年にはご縁があって奈良元興寺に安置されることになった。現在ではこの蛙石、以前にかかわった有縁無縁の一切の霊を供養して極楽カエルに成仏している。

転禍為福と言われて、国宝極楽堂に向って庭園の中に佇んでいる。今やこの石は「無事かえる」「福かえる」と衆生の願いをきいてくれる有難い縁起石だ。

一言つけ加えておきたい話がある。私のショーケースの中に、ふくろうの置物は二十羽ぐらいあるが、蛙は一匹だけだ。もう大分前の話になるので、あゝ、あの事件かと思い出してほしい。南アメリカの深い地底の炭鉱で、三十三人が生き埋めになった時だ。京都府木津川市に住む彫刻家水島石根《いわね》さんの作で、奈良元興寺で祈願をされた蛙の土鈴三十三個が、日本のチリ大使館に送られた、というニュースを新聞のコラムで読んだ。勿論、〝無事かえる〟を祈念しての事だ。この三十三人、生存が危ぶまれていたが再び地上に帰還された。私の家にある蛙の土鈴※はこれと同じ物だ。元興寺に行った時、蛙石を見てその帰りにこの土鈴をお守りに買った。

あれ以来、私は遠い国の旅に何回も出かけたが、いつもこの土鈴の蛙石は、無事の帰宅を待っていてくれた。振れば、遠くで蛙が合唱しているような声が聞こえる可愛い土鈴だ。

※口絵参照（蛙の土鈴）

へんなものを産んだ話

人間が石を産んだり、卵のような肉塊を産んだという話がある。とおい昔の人々はこんな話を「さもありなん」と聞いていたのだろうか。まさに神話の世界である。だが日本ばかりではなくて、広くヨーロッパにもこの種の不思議な石の話はごろごろする程ある。

『日本霊異記』下巻第三十一には「女人《をみな》、石を産出《うこ》み之れを以《も》ちて神として斎《いつ》く縁《ことのもと》」として こんな話が載っている。

桓武天皇の御代、春まだ浅き二月下旬の頃だった。美濃の国のさる豪族の娘が二十歳《はたち》をすぎたが、いまだ嫁がずにいたところ、懐妊したという。処女懐妊だから奇蹟であるが、それがまた妊娠期間も異常に長く三年を経ってやっと産み月を迎えた。ところが、生まれたのは人間でなく石だった。しかも双生の石だった。石の大きさは直径五寸ほど（約15cm）、一つは青色の斑《まだら》にして、もう一方は専《もっぱ》ら青かった。それがどんどん大きくなるのである。両親は途方にくれた。

隣の淳見《あつみ》という郡《こおり》に伊奈婆（稲葉）大神が祀られていた。そこに詣でて卜者《かみなぎ》に占いを立ててもらうと神託があった。

「其の産める二つの石は、是れ我が子なり」

なんと伊奈婆大神の子供だったのだ。

さて、その後のことであるが、はたしてこの子は神になったのか、人間になったのか、またどれだけ大きくなったのか、いっさい不明のままである。

次は石ではないものを生んだ奇談である。

『日本霊異記』下巻十九に「産出《う》みたる肉団女人《ししむらをみな》と作《な》りて善《よきこと》を修《おこな》ひ人を化《をし》ふる縁《ことのもと》」がある。

宝亀二年（七七一）、肥後の国八代《やつしろ》の豊服廣公《とよふくのひろぎみ》の妻が一塊の肉団を産みおとした。その形は卵のようであった。不吉だと思い、桶《おけ》に入れて山に運び石の上に置いた。七日たって見にいくと、肉団は殻《から》を開いて女子を生んだ。

さて、こちらの方はその後の様子がくわしく語られている。石女《うまずめ》は賢くて七歳にもならぬうちにもう法華経、華厳経をすらすら読むことができたのである。やがて出家、皆から敬《うやま》われる尼僧となった。しかしこの女性には肉体的には欠陥があった。頭と首とがくっついて頤《おとがい》（下あご）がなく生殖器もなかった。『日本霊異記』にはこう書かれている。

「其の礼人に異なり、閇《しなたりくぼ》、無くして嫁ぐこと無く唯尿《ゆまり》を出すあな有り」と。

この二つの話は古代の生石《おうしこ》信仰の思惑の産物なのかもしれない、と柳田國男は述べている。地方によっては子供が生まれると、神社の大石の上に一度棄てる習慣がある。これは石が子を産むという連想からきたものだという。

石の生誕・成長の物語は熊野・伊勢の信仰仲間たちによって、盛んに宣伝されたこともあった。そういえば『西遊記』の孫悟空も石から生まれたとされている。

昔々、東勝神州（四大陸の一つ）の沖合にうかぶ火山島、花果山の頂に一塊の仙石があった。この石が割れて卵を産み、一匹の石猿が生まれた。誕生まもなくその目から金色の光がほとばしり、天界まで達したので天帝を驚かせた。

因に『日本霊異記』は薬師寺僧景戒《きょうがい》の著作で漢文で書かれ、弘仁十三年（八二二）頃に完成したと考えられている。最古の仏教説話集として、いろいろな物語や古代の宗教・文化状況の貴重な情報を提供している。

鳴動するさざれ石

ここは紀伊国、千里の浜である。

夜夜、浜辺にぽつんと一点輝いている小さな光を不思議に思った浦人が近づいてみると縦、横五、六寸ぐらいの石だった。

浦人は天から授かったこの宝の石を自分の物とせず、地元の有力者を通じ、天下人に献上することにした。

話を聞いた右大将、藤原常行は想像したよりはるかに優れた形だったことから、庭造りのお好きな法親王に贈ろうと思った。しかし右大将はこのまま奉るのもあっけなかろうかと、人々にこの石を見せ、歌を詠ませることにした。

右馬頭《みぎのうまのかみ》だった人が、青苔をこまかにきざんで蒔絵のようにして歌を奉った。

あかねども岩にぞかふる色見えぬ

　心を見せむよしのなければ

君を思う赤心《まごころ》をあらわすすべもありませんから、不十分ながら私の心のしるしとして、代わりにこの石を進上します、と。

この歌物語は『伊勢物語』に出ている話である。日本で最初の鑑賞石ではなかろうかと言われている。

この神秘な自然の力を内蔵した「さざれ石」には後日談がある。

その後、醐醍天皇の御代、中納言公忠の所蔵するところとなったが、彼は安芸国《あきのくに》に左遷される悲運にあって石も同道して安芸入りとなった。

安芸国の守護・武田伊豆守氏信が城内に奉納していたところ、光を放ち昼夜鳴動するので怖れをなし、福王寺（安芸国）におさめることにした。その後も、また城内に入れようとすると、雷のごとく鳴動するので、一夜とめて福王寺へ還すことにした。

戦国時代の武将、福島正則がこの話を聞いて寺に来て、この石を一目見んと所望した。正則はこの鳴動すると言う石をしげしげと、辛抱強く見つめていた。中々鳴動しなく、しびれを切らし「早く奇特をあらわせ！」と、持っていた扇で石をたたいた時だった。にわかに一面黒くかき曇り、雨となり車軸を流して大洪水となった。

ひと言書きくわえれば、天下分け目の関ケ原合戦の時、秀吉の子飼い正室・高台院の甥にあたる小早川秀秋の背信を機に、西軍の戦線は崩壊した。これを見て福島正則は東軍に属して戦い、大坂城接収にも奔走し、家康より安芸・備後二ヶ国を与えられ広島城主となった。

代々福王寺の住職はこの石を珍重してきた。この「さざれ石」は今の世にも広島県安佐郡可部町の福王寺に現存している。

《さざれ石について》

鳴動するさざれ石の話は『雲根志』の霊異説話や福王寺の『寺伝』等にも紹介されている。

この「さざれ石」とは玉についで、うるわしい肌をもつ石というほどの意味のようだ。

さざれ石は※「君が代」の♪さざれ石の巌《いわお》となりて♪の歌詞に歌われることで、その名が知られている。ただし、歌詞中のさざれ石は文字通り巌となり、その上に苔が生えるまで永久に近い歳月を表す比喩表現として用いられている。

※口絵参照（さざれ石）

国歌のもとになった歌は『古今和歌集』に採録されている。

わが君は千代に八千代にさざれ石の
　巌となりて苔のむすまで

この歌を詠んだ人は身分が高くなかったので、詠み人知らずになっている。

さざれ石の歌は古くは『万葉集』（巻十四）にもある。

信野なる千曲の川のさざれ石《し》も
君し踏みては玉と拾はむ

石を通して神を見、石の中に霊力が宿ると信じられてきた。

日本の国歌「君が代」は天皇の治世を奉祝する歌で、祝福を受ける人の寿命を歌う和歌を元にしている。ドイツ人の音楽教師フランツ・エッケルトが西洋和声により編曲した。明治二十六年（一八九三）文部省告示、平成十一年（一九九九）に正式に日本の国歌として法制化されており、世界で最も短い国歌の一つである。

さざれ石（細石）はもともと小さな石の意味であるが、長い年月をかけて小石の欠片の隙間を炭酸カルシウム（$CaCO_3$）や水酸化鉄が埋めることによって、一つの大きな岩の塊に変化したものを指す。

学術的には「石灰質角礫岩《かくれきがん》」とよばれる。日本では滋賀県と岐阜県の境、伊吹山が主産地である。

狐の仕返し　――飛礫《つぶて》の雨

播州姫路の本町通りに米屋を営んでいる門兵衛と呼ぶ商人がいた。

ある日のこと、天気がよいので書写山へお参りをかねて紅葉狩に出かけた。その帰り道のことだった。色鮮やかに色づいた紅葉に見とれていると、崖下《がけした》に白狐の子供たちが五、六匹、戯れていた。門兵衛さん、何を思ったか子狐を目がけ飛礫を打った。

殺そうとして投げたのではなく、びっくりさせてやろうと思ってのことだった、ところが運わるいことに子狐の一匹に命中、もんどり打って死んでしまった。門兵衛さん、一瞬可哀相なことをしたと思い後悔した。だが家路をたどるうちに「ナニッ畜生の一匹ぐらいは、それほどでもないわい」こう思うようになり、やがて、このことは忘れてしまった。

その夜のことだった。門兵衛さんの屋敷のまわりに何百匹という狐が集まってきた。殺された子狐はこの狐村の姫君だったのだ。青白い炎があたりに漂ってきた。その時、急に雨の音とは違うコロコロ、ガッツンガッツンと異常な音がして飛礫の雨が降り出した。門兵衛一家の者は身を小さくして、家の中で一晩中ふるえていた。

夜明けに主人と番頭が屋敷のまわりを見回った。雨戸や窓蓋《ふた》に穴があいていたり白壁もところどころ傷んでいたが、小石らしき物は何処にも落ちていなかった。

その日も店を閉じるほどでもないと開けていた。すると行脚《あんぎゃ》中の僧がぶらりと入って来て「茶を一杯賜《たも》れ」といったので差し出した。

僧が立ち去った後に同心《どうしん》※が四、五人連れ立ってドヤドヤと店に入りこんできた。お尋ね者の僧をかくまったと言いがかりをつけてきた。「お茶を一杯差し上げただけ」と言ったが、「何をかくし事をするか」と家の中まで入ってきて家具や飾り物をこわし、門兵衛夫妻をおさえつけ頭の毛を全部そり落としてしまった。呆《あっ》気にとられている門兵衛夫妻や店の者たちに、そしらぬ顔で同心たちは悠々と引き揚げていった。

ナントナント、その後ろ姿には毛深い尻尾《しっぽ》がニョキニョキと生えているではないか！　そして、あの旅の僧まで尻尾をふりふり「コンコン」とさかんに鳴いていた。

同心　与力の下にあった下級の役人
与力は奉行などの配下で部下の同心を指揮した役。

門兵衛は飛礫の雨といい、グルになって驚かされたこの茶番劇といい、狐の姫君を殺したことに対する仕返しだと、やっと気がつくのだった。

《この物語について》

播州に残る伝説を井原西鶴が『西国諸国噺』で「狐の四天王」のタイトルで書いている。私はその話の一場面を「狐の仕返し―飛礫の雨」と題して書いた。いたずらで有名な源九郎狐の姉にあたる女狐《めぎつね》が、播州姫路城の天守閣を住処《すみか》にしていた。この女狐は一家一族を八百八匹したがえて、世の中の人々を化かし、自分の思いどおりにふるまっていた。こともあろうに米屋の主人が、ふとした過ちにより、その仕返しにとんだ災難にあう。おまけに主人の息子夫妻まで化かされるという話である。

この石の雨は一体何であったのだろう。

「狐の仕返し」の季節を私は秋にしたが、真夏のことで雷がなり、積乱雲から降る氷の塊、雹《ひょう》だったのかもしれない。雹は豆粒ぐらいから大きな物は鶏卵ぐらいある。私は播州の実家（現在の神崎郡神河町吉富）で小学校の頃、大きな雹が降ってきたのを覚えている。隣のおばさんが大きな笊《ざる》で受けて私にこんなにたくさん溜まったと見せてくれたのを懐しく思いだしている。

石の雨　余話

石の雨が降ったという話は播州にとどまらず、国内では北陸の山中温泉にもある。山中温泉の怪談は『三州奇談』という書物の中で「山中の隕石《いんせき》」の題で書かれている。因に『三州奇談』は江戸時代の文筆家で堀麦水という金沢の人が書いたものである。加越能（加賀、越後、能登）の奇談を集め、文学として評価はかなり高いと言われている。

江戸時代の中頃、数百人の浴客が入れる湯本の大きな宿での出来事。

「天井を破り、直に畳の上に落る音雷の如く、物みなをどり上り、行燈ゆりこぼれ、湯入の人々皆門前に逃出けるに、此石に打たれる人もなし。又石の落る所は見ゆれども、畳の上に破れたる所もなく、畳の上に石ありたるを見たる物もなし」

石の雨が降るという話は昔の中国にもある。漢の隠帝が即位した時、宮廷の門前に石つぶてが降ったという。これを降らせたのは狐でなく山魈という一本足の怪物のせいだったらしい。

石の雨を降らすものは狐狸天狗妖怪の類で、百鬼夜行のなせるところであろうか。いずれにせよ魑魅魍魎《ちみもうりょう》の世界である。

一方、ヨーロッパ方面にも石の雨が降った話が記録に残っているという。ドイツのシュレージェン地方の田舎、東ヨーロッパに位置するルーマニア中部の山地や、現在のチェコ共和国の西部から中部にかけてのボヘミア地方でも、空中でバリバリ破裂音とともに石の雨が降った。

あちこちで、これだけ石の降る話があるということは一概に妖怪のせいばかりでなく、又、宗教上の神の祟りとも思えず、何か根拠があると思うようになった。空から何かが降るという事実があるとすれば、積乱雲から降る氷の塊、雹《ひょう》だったり、火山の爆発で溶岩が降ってくる噴石もある。他に台風や強風で吹き飛ばされる石もあれば砂もある。米国NASAが2011年に1350光年の彼方に宝石の雨が降る星を発見した。この現象は天体から吹き出す高温のジェットで熱せられた石が遠方まで吹き飛ばされて低温で結晶化し、再び天体に向かって降る石（かんらん石）と言われている。最近では隕石が天から降る証しではないだろうか、と考えられるようになった。隕石は流星体が大気の中で燃えつきないで、地球上に落ちてくるものだ。隕石は大小さまざまあり、その石は珍しく誰かが足早に持ち去ったか、不吉に思い土中に埋めてしまったことも考えられる。そんな理由で降ってきた石は影も形もないのだろう。

次の話は想像を絶する大きな隕石の話である。

私はドイツ、ロマンチック街道のネルトリンゲンで、一五〇〇年前に隕石の衝突によってできたリース盆地に、全長約４㎞の城壁を巡らせた中世都市を散策したことがある。隕石の落ちた跡には円形の凹ができ、凹の周辺が城壁の役目をしているという。街の中心には十六世紀初頭に完成した「ダニエル」と呼ぶ90ｍの尖頭がそびえている。

何故、その昔に隕石によるものだ、と言う人がいなかったのだろう。

意外な事実として科学者たちは、最近（十八世紀末）まで隕石が天から降ってくるとは考えていなかった。これは民衆の迷信だと言って、前時代の隕石の標本を資料館等より外して捨ててしまったこともあるらしい。

隕石のことを神が天から降らす雨だとか、妖怪のせいだとか、民衆がさまざまな伝説、物語をこの世に残してくれた。こぼれ話として、あれやこれやと書いてみた。

道路上の謎の石

六甲連山の東はずれにお碗を伏せたような山、甲山《かぶとやま》がある。今から一二〇〇万年も前、甲山の元になる山が噴火していた。流れ出た溶岩は粘り気が少なく遠くまで広がり、おかげで裾野が広い地形となった。何百万年の年月を経て今のような甲の姿になったと言われている。その高さは海抜三〇九メートルだ。

その麓には秘仏「如意輪観音坐像」をまつった神呪寺《かんのうじ》があり、大鷲に姿を変え火を吹くことができるソランジン（麁乱荒神《そらんこうじん》）をまつった鷲林寺《じゅうりんじ》あり、甑《こしき》岩をまつる越木岩神社、鳴動する水晶の宝珠「剣珠」を秘蔵する廣田神社もある。少し浜よりには遠くの地より流れ着いた恵比須の神をまつる西宮神社もある。とにかく由緒ある神社仏閣が多いところである。

この甲山の周辺で、かつて太平洋戦争の頃、顔が人で体が牛の妖怪が出るとうわさされていた。「件《くだん》の牛」と呼ばれ、民俗学者の柳田國男の監修した『改訂総合民俗語彙』には次のように説明されている。

「牛の子で人語を解するもの。生まれて四、五日しか生きていない。多くは流行病や、戦争を予言する」

このように、いろいろな謎の話に満ちあふれている甲山の麓の道路の真中に謎の岩がある。車を運転する者は「ここを避けて通れ！　と言わんばかりだ」と言う。通称「夫婦岩」※と呼ばれ、一つの岩が二つに割れたような形をしている。場所は県道、大沢西宮線で、鷲林寺の近くである。

※口絵参照（道路上の夫婦岩）

今の世に語りつがれている怪談でこの話を知っている人は私の友人にも多い。県西宮土木事務所に問合せしても「なぜ岩を撤去しなかったかはわからない」と言っている。

私はこの岩を何回も見ているが、道はこの岩を中州のようにして左右に別れている。地上に出ているのはごく一部分で案外巨岩かもしれない。道路の中央にでーんと構えているのは何か訳ありと直感でわかる。この岩を取り除こうとする企ては、土木工事の人達によって何回か行われたようだ。ところが作業をした人が体調を崩したり、身内に不幸があったりした。「そんな迷信や祟《たた》りをよくもまあ信じとるなあ」と言って作業を続けた偉丈夫が、明くる日には病の床に臥したともいう。以上の話は六、七年前「この世の謎」―西宮界隈を歩く―のエッセイを書いた時、現地取材に行き地元の方から聞いた話である。

越木岩神社の甑岩《こしきいわ》※のように神が宿っているのだろうか。大坂城（大阪城）築城に利用する為、刻印して持ち出そうとしていた時には、昼夜を問わず作業をしていたが、鶏鳴（昔の午前二時頃）に白煙が立ち上ったので役人、石工、人夫たちは気味悪がって作業を中止した、と言い伝えられている。

※口絵参照（甑岩）

謎の岩は、このまま永遠に道路の真中にあるのは不自然だし、交通安全上にも問題がある。神が鎮座されているのなら神事を執り行い、磐座《いわくら》としてその一部でも静かな所に移して祀るのも一案だし、思い切った道路路線の変更もありえると思うのだが……。

これだけ科学技術が進歩している中で、この怪談はいつまで続くのだろうか。この岩については私もよくわからないが本音だ。

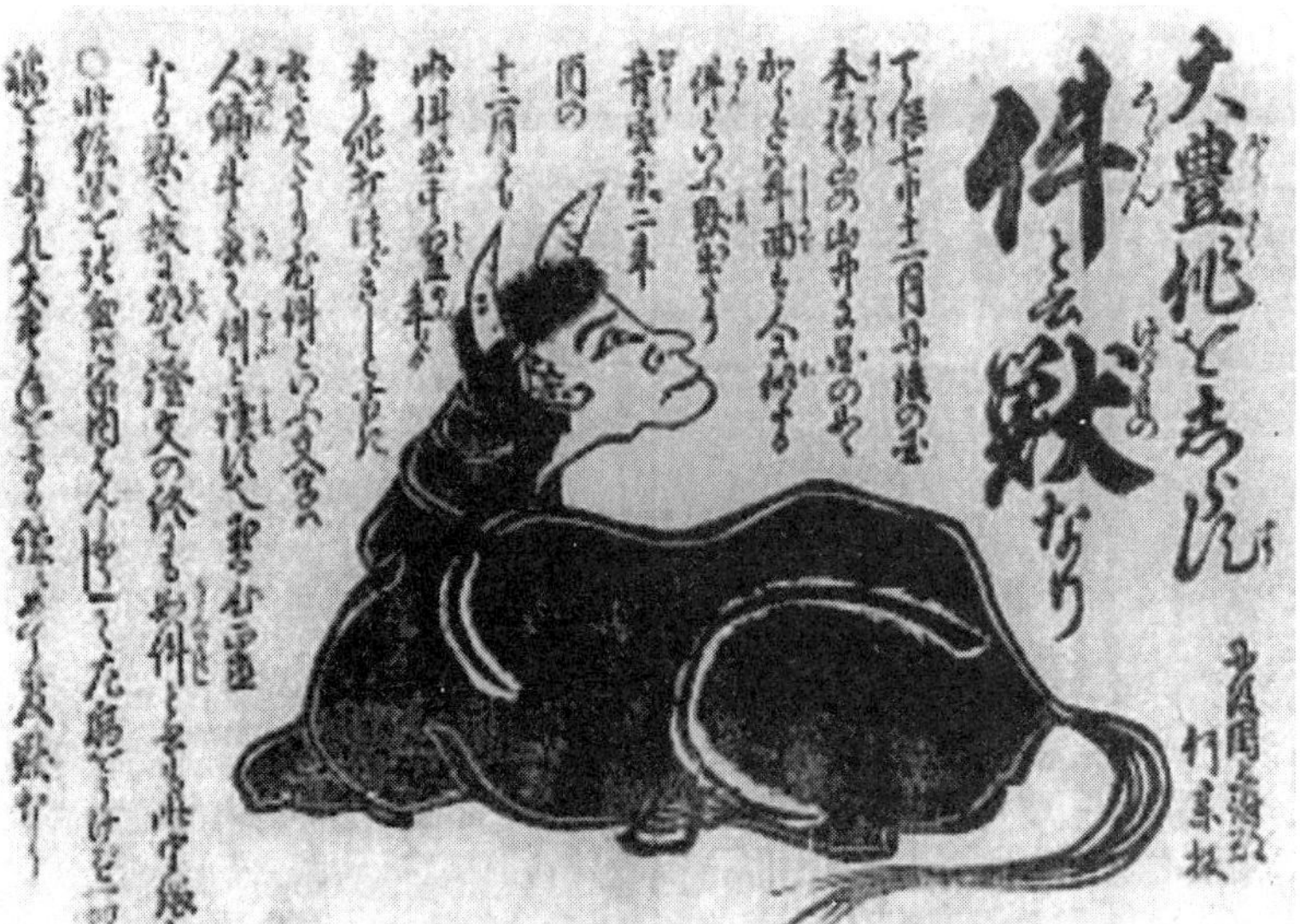

件の牛

II 民話のなかの石語り

長崎の魚石《うおいし》

長崎は平地の中心部を山々が取り囲み、その斜面に張りつくように家が建っている。したがって坂が多く、かつてはオランダ人や唐人《とうじん》と呼ぶ中国人が多く住んでいて、異国情緒たっぷりの豊かな街である。

頃は江戸時代、この唐人屋敷に近い篭町《かごまち》に伊勢屋という屋号の欲張り商人、久左衛門《きゅうざえもん》が住んでいた。この主人の屋敷も坂道に沿って建てられており、土蔵は石垣に囲まれていた。

唐人である阿茶《あちゃ》さんと呼ぶ商人は、前々からこの土蔵の石垣の中の青石に関心をもっていた。誰も知らない秘密の魚石の原石がこの中にあると阿茶は見ぬいていた。

というのも、とある月夜の晩のことであった。

阿茶は伊勢屋との商取引きが長引いて、深夜の帰宅となった。土蔵の前を通りすぎようとすると、異常な光景を目にした。何と、何と、妖しい青い光が石垣のなかの一つの石から放たれ、満月に向って糸を引くように向っているではないか。まるで石と月が交信しているようだった。阿茶は本国にいた若い頃、もしこんな光景を目にしたら間違いなく魚石だと、長老より聞かされていたことを思い出した。阿茶は小踊りして喜び、是が非でも本国へ持ち帰りたいと思った。その夜は嬉しさのあまり何回も寝返りをうつばかりで、朝まで一睡もできなかった。

阿茶は本国と日本の貿易によって、たんまりお金を稼いだのでいよいよ帰国することになった。取引によって親しくなった伊勢屋にお別れの挨拶にやってきた。このとき、かねてから目を付けていた青石を何とか安く手に入れ、本国に持って帰ろうと、百両のお金を用意してきた。

伊勢屋の主人は百両の声を聞いて、これは単なる青いだけの石と思ってはいたが、ひょっとすると中にダイヤモンドでも入っているかもしれないと急に欲深くなってきた。しかし、そんな気持ちはおくびにも出さず、すました顔でこう言った。

「こんな変哲もない青石に百両も頂ければ、ありがたい話ですな。でも今、この石を取り除けば石垣が崩れるかもしれません……、近々土蔵を修理するつもりですから、その時、取り出して大事に保管しておきますので本日はお許し下さいませ」

阿茶はどうしてもこの石を手に入れたいものだから、中国人らしい日本語でこう返答した。

「土蔵の修理のこと、わかりましたよ、もし百両が不足だったら明日にでも三百両を用意するのことね。よろしくお願いしますよ」

伊勢屋の主人もすまして、こう言った。

「私は今のところお金には不自由しておりません。ご安心下さい、阿茶さんが今度こちらに見えたら、いの一番にお譲りすることになるでしょう」

唐人の阿茶は内心では三百両より高く千両でもよいと思ったが、一度帰国して又、出直したときにはできるだけ安く買おうと思った。

いよいよ唐人の船の出港の日がきた。伊勢屋の一家と阿茶の一家はお別れの食事会をした。お酒の酔いもあって、伊勢屋の主人は上機嫌で、阿茶の言葉遣いを真似て笑いながら、こう言っていた。

「わたしのこと、あの青石のこと、忘れないのことあるね」

阿茶は「謝々《シェイシェ》、謝々。たくさんありがとう」と、何度もペコペコと頭を下げた。

阿茶を見送って屋敷に帰った久左衛門は、早速、石屋を呼んで石垣より青い石を取り出すと、しげしげ眺めた。青石のあとには同じ大きさの別の青い石が埋めこまれた。あくる日、取り出したこの青石を職人を呼んで研磨してみた。いくら研磨しても少し青く光る程度で、別段ダイヤモンドやそれに等しい宝石の様子は見られず、主人は大きなため息をついた。今更ながら三百両と、阿茶が言った時に売りつけるべきだったと、頭をかかえこんだ。それにしても、あの物知りの阿茶さんのことだ、何かがあるにちがいないと思えてならなかった。そこで中まで見ないとわからないと、この青石を割ってみようと決心した。

数日後、石職人を呼びつけ、この石を割ることにした。青石にタガネを当てて思い切りゲンノウでたたき割るとちょうど真中から割れて、周りで見ていた屋敷の者たちは一斉に「アッアー」とか「アレッー」とか、驚きの言葉を放った。何と何と、この青石から水が飛び散り、小鮒《こぶな》のような赤い魚が二匹とび出しピクピクとはねまわったではないか。みんなが見とれている間に二匹ともすぐに死んでしまった。

この話を小耳にはさんだ長崎一の物知り博士と呼ばれている長老は、久左衛門の屋敷にやってくると、こう言った。

「この青石に赤い魚が棲んでいたということでしたら、この石は世にいう魚石に紛《まぎ》れもありませんでした。久左衛門さん、おしいことをしてしまいましたなあ」

主人は青ざめた顔をしたまま、自分の欲ばりに対して、今度ばかりは本当に度がすぎると思った。

半年後に大金をもって再度、長崎にやってきた阿茶に久左衛門は、包み隠さず申し訳なさそうに一部始終を話すのだった。

阿茶は驚いてポツリ、ポツリ悲しそうな顔でこう言った。

「ああ、ああー、みんなみんなダメあるのことね。今度こそ千両かその三倍でもいいと三千両も持ってきているね。中国でこの魚石を毎日眺めて楽しむのこと、はかない夢に終ったよ。あなたにこの魚石の話は一つもせずのこと、後悔ばかりするよ。本当に悲しいのこと、あるよ」

阿茶は涙を流して悲しんだ。そして、こうもつけくわえた。

「魚石の話を最初からするのことだった。この青石がそうかもしれんと思うのこと、その加工技術は日本で無理あるのこと、みんなあなたに話しておけば、こんなことにならなかった。みんな、みんな手遅れのことね」

老後の楽しみにと思っていたが、夢破れた阿茶。大金を儲けそこなった久左衛門。親しかった二人にとってつらい後悔をする別離となってしまった。

《この民話について》

柳田國男は日本の昔話「長崎の魚石」の最後にこんなことを書いている。

〝遠い国の商人は思うことを顔に出さず、又どんな場合にでも値段の掛け引きをする癖があり、日本の商人は物を知らずに、只慾ばかり深かった為に、昔は折り折りこんな飛んでもない損をしたのだそうであります。〟

魚石《うおいし》※はさかな石とも呼ばれ、石の中に魚が棲んでいると信じられてきた。中国や日本各地の伝承資料の中に見うけられる。　※口絵参照（魚石の数々）（伝承の魚石）

何の変哲もない普通の石を表面ぎりぎりの薄さまで注意して削り磨いていくと、透き通って中に水が入っており、赤い鮒《ふな》のような魚がいるという。石の中に石がある「石の入れ子」である。石の内部が中空で小石が入っており、ふればガラガラとなる、南方熊楠《みなかたくまぐす》※が述べている鷲石《わしいし》もある。鷲石のように小石でなく、水だけが閉じ込められている石もあるという。この水は地球の揺籃期《ようらんき》からずっと石の牢獄に閉じこめられたままである。

南方熊楠　（一八六七－一九四一年）日本の博物学者、生物学者、民俗学者。

柳田國男の『日本の昔話』(※参考図書一覧)より、「長崎の魚石」の民話を読んだ澁澤龍彦※は、魚石が大いに気にいって「石の夢」の中でこのことを取りあげている。澁澤氏は鉱物嗜好《しこう》者で前述した「雲根志」の木内石亭、後述する明恵上人と並んで三指のうちに入る石の大の愛好家であった。

魚石の伝説を下敷きにして物語を書いている人は結構多い。誰もが、「魚石はミステリーだ!」と思うのだろう。

深津十一《ふかつじゅういち》は「石の来歴」で二〇一三年の第11回の『このミステリーがすごい!』大賞の応募作を出したところ、大賞にはならなかったが、見事、優秀賞をとっている。この「石の来歴」は奥泉光の芥川賞受賞作と同じ題名だが、著者はそれを知らなかったらしい。その後、題名をかえて『「童石《わらしいし》」をめぐる奇妙な物語』(※参考図書一覧)として出版されている。その著をひもとくと、いろいろなフィクションの石が次々と登場して読者をひきつけてくる。「破壊」の項で魚石をとりあげている。

この著の〈解説〉の中で「石がこんなにも官能的で、魅惑に満ちたものだったとは!」と翻訳家で書評家の大森望が述べている。そして魚石に関してこんなことを書いている。

〝すべてが作者の創作かというとそうでもない。たとえば魚石の話は、江戸期の奇談集『耳袋』に記されているし、柳田國男『日本の昔話』にも「長崎の魚石」として登場する。澁澤龍彦や水木しげるのほか、最近では、南條竹則「魚石譚」や、さだまさし「崎陽神龍石」(『はかぼんさん』所収)も魚石の伝説を下敷きにしている。〟

柳田國男は日本各地の民話を集め『日本の昔話』を昭和五年(一九三〇)に発刊した。昭和十六年(一九四一)に108話を載せ新訂版として再度『日本の昔話』を出した。

その序にはこう書いている。

〝ちょうど此本《この》が始めて世に出た頃から、我邦《くに》の昔話蒐集《しゅうしゅう》事業は急に活気づいて来ました。今まで一向に斯《こ》ういうものの有ることを聴かなかった地方から、曾《かつ》て一度も文字の形になって、人に読まれたことの無い昔話が、幾つともなく報告せられました。日本が特別にたくさんの説話を保存して居る国だったということと、人が説話を愛する趣味の遺伝は、そうたやすく中断せられるもので無いということが、是《これ》に依って証明せられたのであります。〟

私が、今この『新潮文庫』に目を通すと、昔、小学校の先生に話してもらった「海の水は

澁澤龍彦　本名龍雄(一九二八-一九八七年)日本の小説家、フランス文学者、評論家。

なぜからいか」なども中にはあったが、意外に大半は知らなかった。その中にあって「長崎の魚石」があり、石の奇談をさがしていた時だったので、これこれ！と飛びついた。柳田國男の「長崎の魚石」を幹にして、その他の資料も調べ、私は枝や葉を茂らせて私なりの物語とした。わが師、倉橋健一氏はこんなことを言われたことがあった。

「小説や物語の神さまは枝や葉のちょっとした所に宿っているのですよ」

文章教室で「長崎の魚石」を書いて、みんなの前で読んだ時、ある女性が首をかしげながらこう言った。

「へえー、そんな石って本当にあるの」

私は「さあ……どうでしょう」と言って言葉を濁した。話の中で月夜の交信とか赤い魚が泳いでいたとか、石が割れて魚が出てきてはねていたが死んだと書いているのは確かにフィクションではある。柳田の民話の中でも「ちょうど真中から二つに割れて中から水が出て来てその水と共に、金魚のような赤い小鮒《こぶな》が、飛び出して直ぐに死んでしまいました」とある。

その後の私の調べでは、分裂石と呼ばれている不思議な形の石が、この世にあるということがわかった。この非常に珍しい石は増殖の途中段階の魚石であるということが判明している。

さあ、本当にこの世に魚石ってあるのだろうか、私自身が半信半疑になっている。魚石をとりだす加工技術は、大変難しいとされている。又、金魚のような赤い魚を毎日眺めていると、長生きできると伝えられている。実際に見つかっているのは小さな石ばかりであるが、民話の世界では大きな魚石が登場して、謎につつまれた伝説の珍宝となっている。私も実物は見たことがなく、わずかに写真で見たことがあるだけだ。

七尾の物貸し石

とんと大昔のこと。加賀国《かがのくに》の池崎と直津との間（現在の石川県七尾市）に横内《よこうち》という畑地があり、ここには名物の大きな石があった。

ある日のこと、この近くの村人が旅に出ていたが財布《さいふ》をすられ、やっとこさ横内まで帰ってきたが、三日三晩なにも食べておらず、大石の前に来ると力つき、ばったりと倒れてしまった。今にも死にそうになったこの男はうめくように一人言を言った。

「ああ、あ、せめて飯《めし》の一杯でもあったら何とか生き長らえるのになあ」

するとびっくり、ナントナント目の前の石の上に飯が一椀あるではないか。ヘエー、ありがたやと何も考えず、目をパチパチ、口をパクパクさせてアッと言う間に食べてしまった。

「どこのどなたさんか知りませんがありがとうごじゃいます」

あたりを見回したが誰もいない。おかしいなあと思いながら「ああ、ついでにもう一杯おねだりしたいなあ」と言うと、すぐ大石の上にはまた飯がでているではないか。食べ終ると、

「もう一杯ほしいなあ」「もう一杯……」と言って七杯をたいらげ大満腹となって甦《よみがえ》ってしまった。

旅人はその夜野宿し朝になって池崎に行くと、このことを村人たちに一部始終を話した。

村人たちが集ってきて「そんなことって本当にあるかいなあ」と、いっせいに首をかしげながら、それでも早速みんなそろって願いごとをしようと、ぞろぞろ大石のところに行った。

「家内の喘息《ぜんそく》の薬をたのんます」

「娘が近々嫁入りするので晴れ着をおたのみ申す」

「わいとこは貧しいので米一俵をたのんます」

物貸し石に向かって次々と願いごとをいうと、そのたびに石の中からはその通りの品が出るのだった。「やあーありがたや、ありがたや」と村人たちはにこにこ顔で家路を急いだ。

こうして不自由があると大石にお願いして、いろいろと品物を出してもらうようになった。

ある日のことだった。この村にひとりの見慣れぬ老人が杖をつきつきやってきた。

「わしは横内の物貸し石じゃ。皆の衆よ、貸した物はすべてすぐに返してもらうぞ」

村人たちは「いかなことかて（何ということだろう）。すぐに返せと言われても、せめて少し待ってもらわなくては……」と、ぶつぶつと言い出した。

「しばらくは旅籠《はたご》にいるぞ。返してもらうまでわしゃ帰らんでのう」

そして、毎日のように矢のような催促がくるのだった。みんなは「だらくさい（ばかばかしい）が仕方がない。只《ただ》で物がもらえるとはおかしいとは思っとったよ。石のえんじょもん（遠方の人）はそれにしても、しつこいなあ」

村人は愚痴をこぼしながらも、それぞれにもらった物は返した。隣村に住んでいる七杯の飯をもらった男からも親類の家に手紙が来て、米一俵を買って物貸し石に返してほしいと言ってきた。それでも貧乏でどうしても返せない人だとわかると、名前を聞き、〇〇村〇〇と住所氏名を紙に書き、次の時にしてもらった。

みんなは庄屋（今の村長）の家に集まり物貸し石のことで話し合いをした。この石は神様にちがいない、困った時に助けてもらえるのでありがたいことだ。そこで神様としてたいせつにお祀《まつ》りすることにした。そして社殿と鳥居も造るのだった。神主を呼んで儀式も執り行った。

この村にひとりの欲深い生臭坊主《なまぐさぼうず》がいた。物貸し石の話を聞き「これはおもしろいわい」

と早速石をたずねて、いろいろな物やお金まで借りまくった。

それから数日後、物貸し石が姿を老人に変えて杖をつきつき寺にやってきて、全て返してくれるまでここにいると言って動こうとしなかった。そこで坊主はこの老人を棒で叩いて、とうとう追いはらうことに成功した。よぼよぼの老人の姿が見えなくなり、やれやれざまァみろとたかをくくっていると、にわかに空がかき曇り、あたり一面に雷鳴がひびきはじめた。すると神社の物貸し石が社殿を突き破り、宙に浮かんだかと思いきや、寺の上空に飛んできて、ドスンと大きな音をたて寺の庭に落ちてきた。大地震のような地ひびきがして寺は崩《くず》れ落ちてしまった。生臭坊主は建物の下敷きになって、アッというまにあの世へと旅立ってしまった。

物貸し石がカンカンになって怒ったのだ。今まで横になって寝てばかりいたような石だったが、今度は落ちたまんまの姿で縦になって庭で突っ立っていた。その後、村人たちが色々とお願いしても、この石はもう何も力を貸してくれなくなったそうな。

西宮・芦屋の民話より

その一　謎の老ヶ岩《おいがいわ》

西宮市の北方に武庫川の上流、船坂川が流れている。ここは西宮市山口町船坂谷である。川岸と林の間に一個の御影系の大石がある。中生代白亜紀の黒雲母花崗岩だといわれている。この御影系の大石こそ老ヶ岩である。地元では「大石」と呼んだり、「血の石」とも呼んだ時代もあったようだ。高さ7m、横巾15m、厚さ5mほどあり、この大石には大国主命、少名彦命、猿田彦命の三神が降臨され、奉祀されていたと伝えられてきた。その後、三神は今の氏神神社に移され、三王神社と称して祀られている。この謎の大石は人間が触れると、たちまち浦島太郎のように老人になってしまうと言い伝えられていたから、いつのまにか「老ヶ岩」と呼ばれるようになったという。

次は老ヶ岩にまつわる伝説である。

ある暑い日、汗をふきふき重い道具箱を持って石工がこの老ヶ岩にやってきた。これはすばらしい石だと一目ぼれすると、早速タガネとゲンノウを取り出し、石を割りはじめた。カーン、カーンと静かな谷間にその音が響きわたった。村人がこの音を聞きつけると、息を切らしながらつぎつぎと石工のそばにやってきた。

「おーい、おーい。ちょっ、ちょっと待ってくれ、なんちゅうことをするんじゃ。この岩には神さんが宿っているんだ。決して刃物をあててはなりませんぞ。ご先祖から伝わる村の掟《おきて》なんじゃよ。あんたの命が惜しかったら、すぐに割るのをやめて引きあげることじゃ」

「なにをたわごとを言っとるんだ。そんな迷信はわしはようつきあわんわ。放っといてくれ、さあー、さっさと帰りな！」

「その昔も、お前さんのような石工がきて、ご先祖さまが止めるのをふり切って、石に割れ目をつけたというぞ。するとどうじゃ、突然、石から赤い血が吹き出してびっくりしていると、やがて真二つに割れて石工をそのまんま呑《の》み込んでしまい、呑みこむと石は又、元の形に戻って見たとおり鎮座《ちんざ》していらっしゃる。お前さんもきっとそうなるからやめときな！うそやと思うんだったら、その時の古いノミ跡《あと》が残っているからしっかり見ろや」

そこで石工はいったん作業をやめて、村人のいう古いノミ跡をさがした。

「なるほど、たしかにあったが、これがそうじゃといいたいんだろうが、それでもそんな迷信、わしはよう信じんぞ。はよう帰れ帰れ！」

この大石に心をうばわれていた石工は、再び作業をはじめたが、一刻もたたないうちに急に気分が悪くなり、身体がほてりはじめ、顔をまっ赤にしてうなされはじめた。そのうち村人が何人も集まり、根はわるい者はいなかったから心配そうに石工を見守り、木陰の下に寝かせてやったり、冷たい清水で身体をふいてやったりした。半時（現在の一時間）ほどすると命からがら体調は戻り、すると一言こう言った。

「なにがなんやら、さっぱりわからんようになってしもうてな。やっぱり祟《たた》りにあったかもしれん、やめたやめた、もう二度としまいぞ」

石工は村人たちに礼を言って自宅へ帰っていった。

その後の話によると、この石工やがて狂い死にしたそうな。

あな、怖《おそ》ろしや怖ろしや。

その二　血を吹いた夫婦岩《みょうといわ》・白煙を出した甑岩《こしきいわ》

真っ赤な血を吹いたという岩は今も芦屋川の上流にある。有馬行きのバスで水車谷で下車。登って行くと道の西側に貯水池があり、赤みがかった花崗岩が突き出ている。烏帽子《えぼし》岩といって今にも墜落してきそうだ。ここから少し北方には夫婦岩とか親子岩とか呼ばれる巨岩がある。この岩の頂にはノミの跡がある。

豊臣秀吉が大坂（大阪）城築城のため各地から石を集めた。この夫婦岩を石工が切り出すために穴をうがつと、そこから血潮が吹いた。その時の役人や石工たちの驚きは想像を絶したことだろう。腰をぬかした者、言葉を失った者など、おおぜいいたにちがいない。石工たちは二度とこの石を切ろうとせず、他の岩をさがした。それ以来、この禁を破れば祟《たた》りがあると言い伝えられるようになった。

この時代、神社の巨岩からも採石が行なわれていた。西宮の越木岩神社の本殿背後に甑岩《こしきいわ》がある。昔、米などを蒸した瓦製の器具、甑に形が似ており、高さ10m、周囲40mもある大怪岩である。この甑岩を大坂城築城に利用する為、刻印して持ち出そうとしたことがあった。昼夜を問わず作業をしていたところ、鶏鳴《けいめい》（午前二時頃）にノミを打つたびに火花が散り、そのうちに岩のさけ目から煙がものすごい勢いで吹き出してきた。役人、石工、人夫たちことごとく腰を抜かしてしまった。二、三日して再び作業をはじめたが、又、白煙が立ち昇った。「この岩は白い龍が住みついている神さまの岩だからおやめ下さい」と村人がいったが、親方の命令でやめようとしなかった。白煙はやがて黄色から赤、青、黒と変化し、それらが入り混じり、ものすごい音を立てて吹き出した。そして石切り職人たちは苦しみもだえ、息絶えた。

そこで、村の長老を呼んで問いただすと、この岩には白い龍が間違いなく住みついていると言った。これは祟《たた》りだと皆は気味悪がって、ここでの作業を中止して他の石をさがすことにした。

こんなことがあって以来、甑岩は一層人々より大切にされている。今の世でも、その時の古いノミ跡が一列に残っているし、又、池田備中守長幸（松山城主六万五千石）の家紋も残っている。古くから地元住民に「安産の神」「殖産興業の神」「諸願成就の神」として崇拝され、修験者が修行した霊験あらたかな岩である。背後の林中にある磐座《いわくら》を守る岩門といわれている。

室町時代の俳諧の祖、山崎宗鑑がこの神社に詣でて即興の句を吟じている。

照る日かな蒸すほど暑き甑岩

因に、これらの民話では豊臣秀吉が大坂城築城のため、夫婦岩や甑岩を築城の石として持ち出そうとしたと言い伝えられているが、正しくは大坂城焼失の後と考えられている。現代の大阪城の地下に豊臣秀吉が築いた初代大坂城の石垣が眠っていることが明らかになった。本丸天守閣前広場の地下約9ｍに、現代の大阪城の石垣とは違う、野面《のづら》積みの石垣が発見された。

六甲山周辺で採石が盛んだったのは江戸時代初期のことで、築城の石は各藩に割り当てられていた。

大阪城内にある蛸石《たこいし》のことについてもふれておきたい。場内の桝形※には4つの巨石がある。巨石の第一位が蛸石で高さ5.5ｍ幅11.7ｍ、表面積は畳36畳も敷きつめられる。この蛸石を正面から見た時に、左下に茶色い蛸の頭形のシミがある。備前藩の藩主・池田忠雄が瀬戸内の犬島から採掘した花崗岩である。

桝形　敵の直進をさまたげ、勢いを鈍らせるために直角に設けられた二つの城門と城壁とで囲まれた四角い空間のこと。

六甲山以外にも小豆島や家島等よりも舟で運んでいた。六甲山の花崗岩も陸路でなく海路で運ばれた。御影、芦屋・呉川、西宮の港には集石場があった。花崗岩を別名、御影石というのは、大坂城再建工事以外にも御影港より全国津々浦々に運ばれたのでこの名がつくようになった。

近年になって芦屋の呉川町で浸水対策の幹線改修工事中にこの集石場の遺跡が発見された。今ではこの地に出雲松江藩の分銅形の該印あるものが数個展示してある。芦屋市民センターの入口あたりにも島津藩の丸に十の字㊉の該印ある物が展示されている。

西宮市甲山町に所在する「大坂城石垣石丁場跡」は国指定の文化財に、平成三十年二月に指定された。

築城の石として持ち出そうとした時に、石より抵抗された伝説は大坂城だけでなく、江戸城修築の時にもある。暮《ぼ》泣《な》き石と言って夕暮になると、石が声を上げて江戸に行きたくないと鳴いた話などその例だ。この石は静岡県賀茂郡東伊豆町稲取にある安山岩塊で今も存在し、地元の民話に「ぼなき石」として語りつがれている。

又、築城の石はあまりの重さに、石切場から港に持っていく運搬にはいろいろ苦労したようだ。運搬役の人がさんざん泣かされたことから「ぼやき石」とも呼ばれている。

野面積みの豊臣石垣

呉川集石場遺跡

その三　水神《すいじん》さんとフカ（鱶）切り

それはそれは暑い、とある年の昼下がりのことでした。ここ芦屋の里では田圃《たんぼ》の稲や畑の野菜は、ことごとく何日も続く日照りでうちしほれ、溜《た》め池の水も底をついてこのままでは食べていけないと、百姓たちは青息吐息でした。

百姓たちが三三五五、庄屋（今の村長）の家に集まってきました。長老の庄屋は何十年か前のことを思い出し、高さ約5ｍの弁天岩の水神「水津波女神《みずはめのかみ》」に願いをかけるしかないと言いましたので、善は急げとばかり早速みんなは、山登りの仕度をして雨乞いに出かけました。お供えはお米、生きのよい鯛、まくわ瓜などで、三十人ぐらいが白装束に身をかため、女子、子供は家に祭壇を設け祈りをささげるなど、必死の覚悟でした。勿論、こんな時は神主さまも先頭に立ち、途中、お山より榊《さかき》を切り真白な和紙で御幣《ごへい》をつくり、みんな目だけはギョロギョロさせて、弁天岩の前までやってきました。

一通りの儀式を執り行ない、後は雨を待つだけとなりました。でも、お日様はギンギラギンと輝き、雨の気配はみじんも感じられませんでした。遠くで雷の音がしていると言う人がいましたが、この暑さのため少し頭が変になっていました。この日はうす暗くなるまで待っていましたが、雨の気配はまったくなく村人たちは意気消沈、ため息をつくばかりでとぼとぼ帰ってきました。

そこで今度は山伏《やまぶし》の勇徳院彦兵衛《ゆうとくいんひこべえ》さんにお願いすることにしました。彦兵衛はこの山で長年修業をつみ、山のことは何でも知っている山伏でした。庄屋の願いを聞くとよっしゃと彦兵衛は弁天岩近くの洞穴《ほらあな》に入り断食の行に入りました。村人たちはかわるがわる彦兵衛の様子を遠くから眺めていました。三日目の夕刻、洞穴の前で庄屋に彦兵衛はこんなことを言いました。

「ここの水神さんには未だみなの願いが届いていないようじゃ。そこでじゃ、ここは神さんを喜ばせようとせず、怒らせるべきだ。〝逆もまた真なり〟というだろう。失礼だが背に腹はかえられない、そこで沖の鱶《フカ》（大形のサメ）を捕えてその血や骨肉を弁天岩に投げつけるのだ。そうしたらきっと雨が降るだろう」

これを聞いていました村人は、そんなことをしたらこの世は終りだと涙ぐんでいました。庄屋はこう言ってみんなを説得しました。

「彦兵衛さんのおっしゃることじゃ、みんなは信頼して開き直ってやるだけのことはやってみようや。神は神聖な住処をけがされたといって怒り狂って汚れを洗い流そうと大雨を降らせるかもしれんぞ！」

村に帰り庄屋は漁師たちにこれこれしかじかと説明してフカを捕ってきてほしいとお願いしました。漁師たちは一晩も寝ないで、銛《もり》やそれを付ける柄《え》や荒縄、大きな網も用意しました。五艘《そう》の舟に三人づつ乗り、百姓たちの見送りをうけ元気よく出発しました。その朝には沖に五、六匹のフカが泳いでいるのを目敏《めざと》く見つけ、五艘の舟はかねての打合わせ通りフカをとりかこむと、一斉に銛を打ちこみました。運よく一匹を捕獲して漁師たちは意気揚揚と浜に帰って来ました。

今度もみんなは白装束で大きなフカを担ぎ汗をふきふき弁天岩にやってきました。庄屋が山伏の彦兵衛にフカをもってきたことを告げました。弁天岩の東下には弁天滝があり、滝の近くに平らな岩がありました。その岩を俎板《まないた》にして山伏は大きな出刃包丁で、最初に血を抜き深皿に入れ、次に骨肉をバラバラにして麻袋に入れました。

そして弁天岩に向って血をまき散らし、骨や肉も投げつけました。岩は血と骨肉に汚れ、周囲に悪臭が漂ってきました。待つこと半時（今の一時間）。でも、お日様はギンギラギンとして、一向に雨の降る気配はありません。

みんなに少し落胆の表情がでてきました。それでも庄屋は「これからだ、これからだ」とみんなを勇気づけていました。山伏は再び洞穴に入り願《がん》をかけていました。みんながガヤガヤ言っている時でした。山の上空に少し黒い雲がでてきて、遠くに雷鳴が聞こえてきました。村人たちはお互いに、にこにこ顔を見せあっていました。その時、弁天岩の上でピカッと光ったと思ったら、ドカーンと大きな音がして大粒の雨がこの一帯に降りそそいできました。雷がゴロゴロとまるで水神がうなり声をあげて、わめき散らしているようでした。山伏の思惑通りに、水神は神聖な住処《すみか》がフカの血肉で汚されたと怒り狂い、それを洗い落とすため大雨を降らせ、アッというまに元のきれいな岩になっていました。いつの間にか太陽は雲にかくれ、芦屋の里にも雨雲がたちこめ、山からでも黒一面に降っているのが見届けられました。ビショビショに濡れた村人たちは喜びにあふれ、お互いに抱き合って「ヤッターヤッター」「雨じゃ雨じゃ」と叫び、なかには声を上げて男泣きする者もいました。

長老の庄屋はつぶやくように言いました。

「これでみんなは餓死《がし》せずに生きのびることができるわい」

そしてみんなを集めてこうも言いました。

「水神さんは慈悲深いお方じゃ。村人が泣いて喜こび、たくさんの命をすくったフカ切りの行事をきっと広い心でお許しになられるにちがいない」

それ以来、村人たちは以前よりも水神さんを敬い信心することになり、今でも芦屋神社の古墳の石室に祀られています。

この話は芦屋に残る記録によると、江戸時代、天保五年（一八三四）のできごとで日照りが何日も続き、このままでは大飢饉になると、フカ切りを行ったという。

本年の夏、暑い日だったが私なりにこの民話を書き終えたので、お礼をかねて久しぶりに芦屋神社にお詣りをした。芦屋神社の境内あたりは、大昔は古墳が数多くあった所で今も横穴式石室が完存している。芦屋川上流にある弁天岩で祀られていた水神の社※は、今はここの玄室内にあり、後世《ごせ》（未来）を安楽に送ることを願う石祠が置かれている。

※口絵参照（水神の社）

首きり地蔵

――郷土の民話より

この物語は江戸時代の中頃のお話です。ここは福本藩の領地でしたが、福本と呼ばれる前は新田庄と呼ばれ、播磨国姫路藩が治めていた地でありました。新田（しんでん）庄では死んでんと聞こえるところから、縁起が悪いと福本庄と改められました。福本の北は上吉富で、ここは以前、吉殿《よどの》庄と呼ばれていました。北に生野銀山の天領《てんりょう》※があり、ここ上吉富には関所が設けられ、生野街道の最重要地でした。

この地方はよいお米がたくさんとれました。でも、享保元年（一七一六）から宝暦二年（一七五二）にかけては、害虫、冷害、洪水等のため、たびたび凶作が続き全国的にも大飢饉《だいききん》がおきました。この福本藩の百姓たちも例外でなく、その生活は想像もできないほどきびしいものでした。庄屋※の地位にあった上月平左衛門《こうづきへいざえもん》は農民たちの様子を見るに忍びず、なんとか

天領　朝廷の御領地。江戸時代では徳川将軍の領地をさした。
庄屋　江戸時代、代官の指揮下で村の行政事務を取りしきった者の称。今の村長、町長に相当。

年貢《ねんぐ》を下げてもらいたいと何回も藩にお願いに行きましたが、聞き入れてもらえませんでした。平左衛門の家には、毎日のように人々がこのままでは生きていけないと相談に来ます。その人達の話を聞いていると、たとえ掟《おきて》を破ってでも京都まで行って、所司代《しょしだい》※というえらい人のいる役所に直訴《じきそ》するしか他によい手立てはなく、平左衛門は訴状《そじょう》を書いて準備しました。打首の刑は覚悟の上で、腹を決めていました。

ある月夜に旅立ちの仕度をして家を出ました。月夜の明かりをたよりに、前もって山道をよく調べておいたとおりに関所を通らず、村越えをする計画でした。妻のよねは主人の苦しい胸の内を知りつくしており、今さら思い止《とど》めさせることはできないと、あきらめて目に涙をため、ただただ首尾よく事が運ぶことだけを祈って見送りました。月夜とはいえ暗い山道を難儀して越え、やっと天領に入ってきました。もうここまで来ると連れ戻される心配もなく、やれやれと思いました。

その時です。

「平左衛門、平左衛門！」と、遠くから呼ばれているようで、追いかけてくる人の気配もして、ふり返ると提燈《ちょうちん》の灯が二つ三つ見えかくれしています。見つかったと思い、とっさに何処かにかくれようとしましたが、ここは天領だと考えて逃げもかくれもしませんでした。

「平左衛門、願いごとは聞き入れられたぞ！」

山にこだまする声が、今度ははっきりと聞きとれました。やれやれと思って足を止めると、福本藩の三人の役人が息をはずませ近寄ってきました。

「さあ帰ろう。すぐに陣屋《じんや》※にくるようにとのことだ。願い事がかなったのだから、今さら所司代に行く必要はないぞ、よかったなあ」

平左衛門はあれほど何度たのんでも難しかったのに、いまさら少し変だと思いましたが、藩主に会えたら、とにかく百姓の困っている様子は聞いてもらえると思いました。

手に手に提燈を持って引き返していきます。ようやく関所の坂を越えて福本藩の領地に入った時のことです。いきなり三人連れの藩士の一人が刀をふりかざし平左衛門に切りつけてきました。とっさのこととて身をひるがえすこともできず、何かを叫ぶひまもありませんで

所司代　所司は役所、代は代官。近世初期以後、京都に置かれ畿内の諸役人を統率した。代官の居所や小藩の諸侯の居所を指す。

陣屋　福本藩陣屋は一万石の小藩とはいえ、播磨国守・池田輝政の一族という名門だけに、ここに華麗なる藩邸を建てていた。表御門を入ると広大な敷地が広がり、草葺《ぶ》きの建物が並び、御殿には能舞台のほか御書院や御時計の間も設けられていた。

した。血しぶきを上げ、右首からななめに肩先にくいこまれて、道端に俯《うつぶ》せになり死んでしまいました。

この話を聞いた村人たちは涙を流し、泣き叫び、村中大さわぎになりました。百姓たちは筵《むしろ》をたてて竹槍《たけやり》を持って、陣屋におしかけていきましたが、やがてみんなは取りおさえられてしまいました。

村人たちは平左衛門はだまされて、むだ死《じ》にをしたと悲しみ、石のお地蔵さまをつくって祀《まつ》りました。やがて、そのお地蔵さんにも、右首から胸にかけ、刀の切り口のような割れ目が入りました。村人達は哀れんで又、新しいお地蔵さまを作りました。でも不思議なことにこのお地蔵さまにも、刀の切り口のような割れ目ができるのでした。

《この民話について》

百姓たちが凶作のため日々の暮らしが苦しく、庄屋が藩と交渉しても埒《らち》が明かず所司代に訴えて打ち首になったり、少し年貢を下げてもらった後、処罰を受ける話などがあちこちにある。

私が五年前、若狭路を旅している時のことだ。「鯖街道」の熊川宿をぶらぶらしていると松木神社の説明板が目にとまった。この神社には若狭の義民、松木庄左衛門が祀られている。説明板を読むと、松木庄左衛門はねばり強く、いろいろな案を持って何回も藩と交渉した結果、一俵の中に入れる米の量を少なくしてもらい、飢え死に寸前の農民を救った。しかしながら、やがて河原で打ち首となった。この話は郷土の民話「首きり地蔵」とよく似ている。ここの庄屋は神社として、播州の上月平左衛門は地蔵として今の世にも祀られている。

「首きり地蔵」は何回も作り直されたが、肩から胸にかけて刀の切り口のような割れ目ができた。今日でも袈裟《けさ》ぎり地蔵とも呼んで首が欠け落ちたまま、播州は神河町根宇野《みよの》の里に祀られている。

お地蔵さまはあまりにもむごい上月平左衛門の非業の死にカンカンになって怒って、自分が身代りになっておられるのかもしれない。

お地蔵さまが怒った話は原爆の町、広島にもあった。広島出身の児童文学者・山口勇子が自らの体験をもとに創作された童話がある。日本書籍㈱発行の『小学国語三年／上』に「おこりじぞう」として載っている。粗筋は次のとおりだ。

広島の町に優しい顔をした笑い地蔵があったが、原爆で町の人はみんな死んでいき、毎日そこを通っていた女の子もお地蔵さんの前で水を求めながら息をひきとった。そのとき、笑い地蔵の顔は怒りの形相にゆがみ、やがて顔が崩れた。首なし地蔵はその後、そばにあった手頃な石を頭の代りにのせられたが、それがいつも怒ったように見える、という。

杉岡泰《やすし》著の『石の博物誌』（※参考図書一覧）によると、もともとこの石地蔵は、広島赤十字病院の近くにあったが、病院が解体されたため、現在は松山市御幸町の龍仙院に祀られている。故・西原ミサオさんが守り続け、地蔵の頭を新しくこしらえ、首に接《つ》いだ。

近頃はすっかり柔和な顔つきになっている、という。

さて、お地蔵さまとは、どんな菩薩なのか、少しふれておきたい。

地蔵とは地中の蔵という意味で、釈迦の死後、弥勒菩薩が現れるまで衆生を教化、済度《さいど》したとされる菩薩である。済度とは仏が人間の悩み・迷いを解決してやることである。

お地蔵さんはやはり石仏がよい。美空ひばりの「花笠道中」の歌詞にもある。

♪これこれ石の地蔵さん、西へ行くのは

こっちかえ、黙っていてはわからない♪

雨の日も風の日も道ばたに立って、旅人や子供たちの安全を見守っておられる。そして旅人や子供たちが危険と見れば、手足に水掻《か》きがあり救済ができるのだ。

私たち日本人はこのお地蔵さんに他の菩薩よりうーんと親しみをもっているようだ。

首きり地蔵

おこり地蔵がほほえむ

III　朝鮮半島の石語り

大きな卵より生まれた王

ここは鴨緑江《アムノッカン》（おうりょくこう）の東北に位置する小国夫余《プヨ》の国。やがて高句麗となり新羅、百済と並んで三国の一つとなる大国誕生神話である。

夫余の国に解夫婁《ヘプル》（かいふる）という王がいた。年老いたが息子がなく、世継ぎがほしいと毎日そのことばかり考えこんでいた。そんなある日のこと、山川《さんせん》で息子誕生を祈願して祭祀を執り行った帰り道のことだった。王の乗っていた馬がとある大きな石の前に来た時、ふいにとまってヒヒヒーン、ヒヒヒーンと悲しげに鳴きはじめ、前に進もうとしなかった。不思議に思った王は臣下に命じ、その石をのけようとひっくり返させると、なんと下から金色の蛙が現れ、ピョコンと跳んだと思いきや、金色の蛙に似た男の子が目の前にスクッと立っているではないか。王の喜びは並大抵のものでなく、たちまち国を上げてのお祭りとなった。王はその子を金蛙《クムア》（きんあ）と名づけた。その夜、王は夢の中で神託があり、国名も東夫余《トンプヨ》と改めるのだった。

解夫婁王が亡くなると、太子金蛙は王となり、妃となる女性を探していた。ある時狩りに出た帰り太白山《テペク》の麓で河の神、河伯《カペク》の娘だという柳花《ユファ》と名乗る女性に出会った。なぜこんなところにいるのかと聞くと、次のような話をした。天帝の子と名のる男、解慕漱《ヘモス》（かいぼそう）に熊津山《ウンジン》の下を流れる鴨緑江のほとりの家に誘われて、酒を飲まされ言いなりにされた。解慕漱は太陽の性格と雷神の性格を合わせもつ男であったともいった。

河伯はこの無礼を責め、もし解慕漱が本当に天帝の子であれば、何か神異なことがあるはずだと言った。そこで二人は変身試合を行なうこととなった。河伯が河で鯉に変身すると、相手は獺《かわうそ》になり鯉を捕える。今度は河伯が鹿となって走ると、相手は豺《さい》に変身して追いかける。河伯が雉《きじ》に変身すると相手は鷹《たか》になってこれを追いかけるのだった。

父の河伯は解慕漱が天帝の子であると認めたが、それでも両親は怒りがおさまらず柳花は家を追い出され、流浪の身になっていると話した。

金蛙王《クムアワン》はこれを怪しんだが、とりあえずは城につれ帰りこの女性を一室に幽閉しておいた。するとある日、太陽の光が彼女を照らし、やがて身ごもり、大きな卵を産んだのである。

金蛙王はこの卵を犬や豚の傍《かたわ》らに捨てたが、食べようとしなかった。路上に捨てると牛馬がこれを避けて通り、野原に捨てると今度は雉が卵を抱いて守っていた。そこで金蛙王は柳花夫人にこの不思議な石のような卵を返してやった。

そして月日がたつと、とても人の手で割ることができなかった石の卵が自然に割れて、中から男の子が誕生したのである。金蛙王は大いに喜び、王子としてお城で育てられることとなった。その王子の名は朱蒙《チェモン》（しゅもう）※と名付けられた。この美しい男の子はすくすく育ち、七歳にもなると名前のとおり弓矢に秀でた力も発揮しはじめた。

ところで、この頃、金蛙王にはすでに七人の子がいたが、どの子も弓矢の技は朱蒙には、はるかに及ばなかった。子供たちは朱蒙は人間が生んだものでないだけに後々の心配ごととして朱蒙が王位を奪い取るのではと怖れはじめ、ひそかに彼を殺す企てをしていた。それを知った柳花夫人は一刻も早く遠くへ逃げた方がよいと朱蒙に告げた。そこで朱蒙は仲良しの五、六人の友と東夫余の国をあとにした。

追手の目は厳しくどこまでも追いかけてくるのだった。淹水（鴨緑江の東北）まで来たが橋がなく渡ることができなかった。そこで朱蒙は河の神、河伯に願いをかけた。

「私は太陽の子で河伯の神の外孫である。どうすれば、この河を渡ることができようか。この願いを、ぜひ聴いてほしい」

するると大きな鯉や草魚やすっぽんが浮かんできて重なり橋のようになり渡ることができた。

渡り終わると、それらは河面から姿を消し追手は続いて渡ることができなかった。

途中、三人の賢人と出会い、朱蒙は兵を集め陣営をつくり訓練に励み、そして、とうとう戦いを挑み東夫余を亡ぼした。朱蒙は若冠二十二歳にして高句麗をたてた。高句麗の始祖はこの朱蒙、東明王《トンミョンワン》※にはじまり、在位は前三七年～前一九年に及び国をよく治めた。

※口絵参照（東明王―高句麗の始祖）

『帝王韻記』※によると、平壌市内を流れる大同江の川中に朝天石と呼ばれる石があり、東明王は麒麟馬に乗って天帝のもとに赴く際、その石を踏んで天に昇って行ったと伝えられている。

朱蒙　弓矢の達人のこと。

『帝王韻記』　高句麗時代の学者、李承休（一二二四～一三〇〇年）が著わした、朝鮮および中国の歴代の事蹟を叙事詩にして詠った。

《朝鮮神話について》

『古代朝鮮神話の実像』（※参考図書一覧）の中で著者、大脇由起子はこう述べている。
「神話を必要とする時代があったことは日本と朝鮮半島で共通することであり、それぞれの神話にはその民族が必要とするなにかがあります」

わが国には神道があり『記紀』（古事記・日本書紀）の中に自分たちの誕生や古の世界を現代に伝えている。

ただ不幸なことに『記紀』は大東亜戦争時代に思想教育として活用されたため、今日では国語や歴史の教科書に取り上げられていないのが実情である。

一方、朝鮮半島においては儒教の国のため、伝承として語られ、文献としては十二世紀をさかのぼることができない。古代朝鮮神話は巫女《ふじょ》シャーマンによる巫俗神話が代表的である。わが国においても古代の施政者は神と通じることができる巫女を傍らにおき神託を得ていたと考えられている。

朝鮮民族の始祖、檀君王倹《タングンワンゴム》の神話は、はるか昔から代々語り伝えられてきた。国父として信仰されている天父の桓雄《ファヌン》と地母の熊女《ウンニョ》との間に生まれた檀君は建国の始祖である。檀君は三千の群を引き連れて太白山《テベクサン》の神檀樹《シンダンス》の下に降りて、雨・風・雲神を従えて世の中を治めた。雷神が善悪を司るという中国思想を基底におき、雷が高い木に落ちるというところから神檀樹の下に降臨する、と考えられた。

神檀樹の檀は壇の可能性があると指摘されていることに関して、碩学、金両基《キムヤンキ》は次のように述べている。

「神壇樹とは天空神が天下る聖所であるが、私は現存する城隍堂《ソハンダン》の古い形だと見ている。石ころを饅頭形に積み重ね、その中心に樹木を立てる神木信仰に変わったものと考えられる」

城隍堂は峠や村の入口や道端に小石を積み上げ素朴な聖所をつくり、ここを通る人はさらに小石を積み安寧を祈る。

城隍堂の城隍とは、中国の城壁やそれをめぐる堀の神であって、のち城邑内の地域の安寧をつかさどる神となった。城隍と朝鮮の山神信仰とが習合して城隍信仰が生まれたのである。

この神話にでてくる熊女についてであるが、北方アジア原住民らの巫俗神話では熊が人間であり、人間がまさに熊であるという観念が根づいている。

熊は人間に化成することを念願して、百日間、日光を避けて熊女になった。虎も同じように念願したが物忌ができなかった。桓雄は人間に化身した熊女と結ばれ、檀君王倹を生み神から人へと移行する役割を担った。

尚、高句麗の始祖・朱蒙については、このように言われている。

「大きな卵より生まれた王」の神話は日光感精の神話と卵生神話の系統をもつ伝説だといわれている。

高句麗の始祖・東明王となる朱蒙は卵から生まれた。始祖伝承と卵が関係する神話は東アジアに多く語り継がれてきた。しかし太陽の光を卵があびて貴い子が生まれるという日光感精の神話は朝鮮半島独特であるといえる。

この神話で、〝石の下に金色の蛙がおり、ピョコンと立ち上って金色の男がスクッと立っていた。〟この話は石より人間が生まれるという、わが国の生石《おうしこ》信仰に通じていると考えられる。

尚、一言つけ加えておきたいことは、新羅、百済と並んで三国の一つ高句麗国の位置についてであるが、現在の北朝鮮地方のみを指すのではなく、中国の遼寧省、吉林省にまたがり、紀元前三七年から六六八年にかけて栄えた大国であった。高句麗は桓仁県に五城山城がある集安《ジーアン》（中国吉林省）より都を一世紀ぐらい経った後、四二七年に平壌《ピョンヤン》（今の北朝鮮首都）に遷都した。それまで集安は高句麗の政治と文化の中心であった。後に「石や岩の余話」で書いている支石墓《ジソンミョ》（コインドル）等が残っており、世界文化遺産に登録されている。吉林省は多くの朝鮮民族が住んでおり、中国と北朝鮮が友好的であるのは、こういった歴史的背景もあるからだろう、と私は思う。

高句麗全盛時の三国の形勢

済州島《チェジュド》の旅より

済州島には「三姓神話」という朝鮮半島の「檀君神話」とは違った耽羅《たんら》民族の独自の建国神話がある。済州島は昔、耽羅国と呼んで独立した国であった。済州島をツアー観光すると、必ず連れていかれる「三姓穴《サムソンヒョル》」がある。耽羅を創始した三神人がここで生まれた。

人の住まない太古の昔に「高《コウ》、梁《ヤン》、夫《プ》」の三つの姓をもった三神人が海抜1950mの漢拏山《ハルラサン》から遠くの海を眺めていた。ある日のこと、彼らは木箱のような舟を発見した。開けてみると箱の中には倭《わ》※の国から来たという紅帯紫衣の使者と美しい姫三人、そして牛馬と五穀が入っていた。三神人はそれぞれに彼女たちを妻として迎え、年長者の高を王として村落をつくっていった。

ここで済州島の石と岩のことにもふれておきたい。済州島は火山島であるから石や岩は全てマグマが地上で冷え固まってできた火山岩である。

この島は三多三無《サンタサンム》の島と言われている。三多とは風と石と女で三無とは物乞《ものご》い、盗人、家々に門がないことを指す。三多と言われるように確かに風が強く石が多い。このように三多島の別称をもつ貧しい島だったが、ミカン栽培の普及によって農業が増えたことや、観光地として脚光を浴びサービス収入が増え、島民の所得が増加していった。

2007年には済州《チェジュ》の火山島と溶岩洞窟群としてユネスコ世界自然遺産に登録されている。女が多いというのは妻が家の外で畑作業や海で潜女（海女《あま》）として働いているから、よそからこの島に来た人はそのように思えるようだ。大昔は男も潜っていたようだが、男女の働くところで裸は不謹慎ということでいつの間にか女に限定されている。従って夫は家で留守番をして子守りをする場合が多い。釜山のチャガルチ市場の店でもアジュマ（おばさん）が切り盛りをしている。主人が横に立っていると店が繁盛しないという。とにかく韓国の南の地方は女性に働き者が多い。それに比べ都ソウルではこの反対である。と言っても私が駐在していた三十年も前の話で今は少し様子が変ってきていることだろう。

石の話に戻そう。

倭　昔、中国や朝鮮で日本を呼んだ称
陳寿が記した中国の歴史書『三国志』の中に「魏志倭人伝」（ぎしわじんでん）としてその名が出てくる。

済州は昔から石、風、女が多く、特に黒い玄武岩は家の周囲の石塀やトルハルバンという
この島の守り神に使われている。

島を歩いていると奇妙な姿をした石像が目につく。とぼけた愛嬌《あいきょう》のあるトルハルバンとよぶ石のおじいさんだ。トルは石、ハルバンは方言でおじいさんという意味がある。土産物屋でこのミニチュアを買って帰ったこともある。トルハルバンは島のトレードマークでこの石像の帽子は蒙古《もうこ》の影響を受けていると言われている。

かつて、この島は耽羅国《たんらこく》として栄えたが、新羅《しらぎ》の一部となり、やがて高麗《こうらい》によって統一された。一二三〇年代、蒙古が高麗を襲い、その王朝を支配下に治め南宋と日本を進攻するため、この地で船を造った。そして二度にわたり九州に来襲した。いわゆる鎌倉時代の蒙古襲来・文永弘安の役である。壱岐・対馬を侵し博多に迫ったが二回とも大風（神風とよぶ）のため蒙古軍は敗退した。「チョランマル」という可愛いポニーが今でもいるが、これは天然記念物の蒙古馬だ。当時、島全体が放牧場にされていたといわれている。

島に蒙古（元）の影響がみられるのはこんな島の歴史があるからだ。

龍潭洞《ヨンタムドン》の海岸に漢拏山の噴火で流れ出た溶岩が海で固まってできた龍頭岩《ヨンドゥアム》がある。龍の頭

をした奇岩である。この岩に次のような話が伝わっている。

むかし、漢拏山頂にある白鹿潭《ペクノクタム》の主である龍が、勝手に海にはい出て、天に昇ろうとして、龍王の怒りをかい、岩にされてしまったというのである。この龍頭岩のある海岸は済州島の十景の一つに選ばれている。

その他の珍しい石を見ようと思えば「石文化公園」や「民俗自然史博物館」に行くとよい。石文化公園は済州の石文化が見られるテーマ公園で、石博物館や石文化展示館、野外展示場があり、済州の自然石やトルハルバン、済州で発掘された先史時代の石器や遺跡地などが見られる。

トルハルバンはこの島に全部で56基あったと記録にあるが、この公園に48基陳列している。何故トルハルバンを多く造ったかは諸説あるが、一説では風水学と関係がふかく、漢拏山は女の気が強く、霊能者はこれを鎮めるため男のシンボルをイメージしたトルハルバンを各地に置いたといわれている。

龍頭岩

溶岩が木の上に落ちて固まった石

トルハルバンと囲碁仲間たち
（H16年・2004年7月）

石や岩　余話

石や岩は王や英雄を誕生させる生命力をもっているという神話は多い。「大きな卵より生まれた王」の神話は典型的なその例。その他の朝鮮神話にも慶州李氏の始祖が瓢岩《ひょうたんいわ》に降臨したとか、多々ある。岩が神格化された人物の誕生をもたらす生命力を有しているという脈絡から充分に理解することができる。

石は돌《トル》、岩は바위《パウィ》という。ジャン、ケン、ポンはカウィ、パウィ、ボ（鋏《はさみ》、岩、風呂敷）である。石と岩の区別はお隣りの国でも厳密な区別はなく、比較的大きな石を岩と呼ぶ程度だと私は思っている。

私はＮＨＫのハングル講座や二年間の韓国駐在と、退職後の十回ぐらいの韓国旅行で見たり聞いたりした石や岩に関する記憶で残っているものは城隍堂《ソハンダン》、浮石寺《プソクサ》、支石墓《ジソンミョ》（コインドル）、済州島《チェジュド》の火山岩などがある。「城隍堂（성황당）」は大分、昔の一九三七年の鄭飛石の短編小説で今から三十三年ほど前、私が四十七歳の頃ラジオ講座の応用編で学んだ。粗筋は

次のとおりだ。

農村で若い夫婦が炭焼きを稼業としていたが、夫が急に警察に連行されたまま長い間帰ってこない。妻の順伊《スンイ》は夫が何故、連行されたかは知らない。松の木、伐採の罪に問われていたのである。毎日、夫の賢普《ヒョンボ》が無事帰ってくることを城隍堂にお祈りをする話である。カササギが順伊の家にとまり「カッチ！　カッチ！」と鳴くと、今日は帰ってくるかもと思い、寝座《ねぐら》に帰る烏が「カァ！　カァ！」と自分の家の屋根で鳴くと、やっぱり、駄目かと順伊の心は鉛のかたまりのように重くなっていく。そんな時は城隍堂に駆けて行くのである。夫が帰ってきたら何の話からするかなど思いをめぐらせる女性の細やかな心の動きがよく表現されていた。朝日に輝く緑を見ると順伊の心は珠玉のように澄んでくる。炭焼窯に行こうとしたら、カササギが二羽、屋根の上に飛んで来て止まり「カカカカ……」とけたたましく鳴いた。夫の賢普が帰ってくるのを確信するのである。

大自然の中で素朴で生命力にあふれ、伝統信仰の一つである城隍堂に強く帰依して生きる民衆の姿がよく表現されている短編小説である。

城隍堂は村の入口や峠の頂に石を積み上げて作ったり、石塔が祀ってあったりする。韓国駐在の頃、私のパートナーと車で地方出張の時車窓からチラッと見た記憶がある。

城隍堂の石や岩は城隍岩《ソハンバウィ》と呼ばれ、村落の守護神として神格化された。これらの岩は山神、土地神、産神、村神などとして、土地の豊饒《ほうじょう》、人および動物の多産や繁殖、天候、国家の平和を守ってくれるものとして、根強く信仰されている。

仏教関連の説話として、慶尚北道の「浮石寺《プソクサ》」に寺の名前の由来となった話がある。

新羅僧・義湘《ぎしょう》（六二五〜七〇二年）が仏教を学ぶため唐の国に留学していた。留学中に知り合いとなった善妙《ぜんみょう》は義湘を恋慕い、学び終えて新羅に船で帰国すると聞くと、道中の安全を見守るため海に身を投げ、龍の姿に変えて、無事、帰国させた。新羅では華厳《けごん》の教えの寺を建てようとする義湘を「小乗雑学」の僧が妨害するので、今度は姿を龍より石に変えて空中に三回も浮かんだ。反対していた僧たち五百人は恐がって逃げてしまった。その後も善妙は陰になり日向になり、仏教を広める義湘の手助けをしたと語りつがれている。

浮石寺の無量寿殿の左側に、この時できた浮石が今の世にもある。大きく平たい岩が地面から浮いているように見える。おかげで義湘はこの寺で華厳宗を興隆することになり、浮石大師と呼ばれるようになった。

因に日本国にある『華厳宗師絵伝』（華厳縁記）にも義湘と善妙は登場してくる。華厳宗の京都栂尾山《とがのをさん》高山寺には義湘と善妙の出会いの絵画が保管されている。又、京都国立博物館には木造彩色の善妙神立像が保管されている。

朝鮮半島に支石墓《ジソンミョ》（コインドル）※といって、石を組み合せたような形にして、上に大きな石を載せている墓がある。北方方式は三つ四つの石の上にテーブルのように平たく細長い石を載せている。

※口絵参照（江華島支石墓公園）

私が見たコインドルは北方方式でソウルに近い江華島《カンファド》の支石墓公園で見学した。囲碁仲間を七人ほど引率して温陽、利川、春川、江華島《カンファド》の旅をした。江華島は日本が朝鮮を侵略して植民地にした切っ掛けとなった江華島事件が起きた場所である。沖に停船中の日本の船より発砲された弾丸のあとが今も松の幹に残っていた。

コインドルの現地ガイドの説明がわかりにくいと、支石墓公園に入場した時はみんなが言っていた。朝鮮古代の話を日本語でするのには多少無理があるのだろう。コインドルの前に来ると説明の掲示板があった。ハングルと漢字の併用で書かれてあったので私が適当にみんなに話をした。これでよくわかったと言ってくれた。

コインドルは死者の魂の安息処であるとともに、死霊を引き起こすかもしれない危害から生者を守ってくれるものと信じられた。又、南方方式は女性の子宮の象徴ともみなされ、そこに葬られた人物の再生を願うという意味が込められていた。

浮石寺

『華厳縁起』義湘絵　義湘と善妙の出会い（高山寺蔵）

善妙神立像
（京都国立博物館蔵）

北東アジアに散在する約四万墓あるコインドルのうち、約三万墓が朝鮮半島にある。中でもテーブル型は祭壇の役割も果たしていたと言われている。

二〇〇〇年に江華島の遺跡と全羅北・南道の支石墓遺跡とともにユネスコ世界遺産に登録されている。

須田郡司氏・フォトグラファー（石の写真・語りべ）の『石巡礼』の書（※参考図書一覧）によると、このような石墓は北東アジア以外にもドルメンと呼ばれヨーロッパにも散在している。アイルランドに巨石墳墓の遺跡があり、それはストーンサークルと組み合わさって配置されている。オランダのボルゲルやイギリスにも巨石のドルメンがあるという。

わが国の熊本県上天草市の矢岳神社周辺にはいくつもの巨石が点在している。この矢岳ドルメン※は巨大で上に乗せられたテーブル状の石は長さ13m、幅6mもあると、この著者は書いている。

※口絵参照（日本の矢岳ドルメン）

北方式支石墓　平安南道竜岡郡石泉山

南方式支石墓　慶尚南道昌寧郡霊山面

IV

中国の石語り

雲の湧《わ》く石

雲飛《うんひ》は順天府（今の北京）の人で良い石があれば少々高くても買い集めていた。

ある日、川で漁をしていると、何か大物が網にかかったようなので潜ってそれを拾いあげた。一尺あまりの石で深い襞《ひだ》もあり、これは宝物だと雲飛は大いに喜んだ。早速、紫壇《したん》で台座を作り、卓上に飾って毎日うっとりと眺めていた。

数日後のことである。雨が降りそうな空模様だった。何気なく石を見つめているうちに腰をぬかさんばかりに驚いた。ナントナント、この石の穴から真白な綿のような雲が湧き出しているではないか。その雲は天に昇り、しばらくして雨がザアーザアーと土砂降りとなった。

雲飛が不思議な宝物の石を持っていると言う噂はたちまち町中まで広まっていった。時の権力者で大金持ちの親分が、手下をつれて雲飛の家にやってきた。石を見せてくれと言って、部屋に飾ってあった宝物を屈強の若者に持たせ、馬に鞭《むち》をふりふり立ち去っていった。アッという間の出来事で雲飛はただただ茫然として、狐につままれたように考える力を失っていた。

途中、若者はユラユラと揺れる小さな橋を渡ったが、石を担ぎ直そうと肩を替えようとした時、誤って川底に落としてしまった。屈強の若者とは言え、親分に鞭で何回も打たれぐったりしていた。今度は泳ぎの達者な若者を雇って暗くなるまでさがしたが見当らなかった。親分は「残念無念！　縁がなかったか」と一旦はあきらめた。それでも、石を発見した者に多額の賞金を与える旨の高札を出して帰っていった。

明くる日から大勢の人たちが、この石をさがさんと必死になったが、見つけることはできなかった。この話を聞いた雲飛は、あきらめきれないまま、毎日のように橋の中央に来て声を殺して泣いていた。ある日のこと、急に川の水が澄んだと思いきや、川底にまぎれもなく、あの石が横たわっているではないか。喜んだ雲飛は、あわてて褌《ふんどし》一ちょうになって飛び込んで、大事そうに石を抱えて家路を急いだのだった。

ある日のこと、白髭《ひげ》を伸ばし眉毛も長くて真白で腰の曲がった老人が、長い杖をついて、石を見せてほしいと訪ねてきた。「客間においていた石だったら今はありません」と断ったが「ぜひ客間に入れてほしい」と何回も請われたので案内した。

石は客間の卓上に鎮座していた。雲飛は石を飾っていた場所は、奥の部屋からもどした覚えがないのにと、目をパチパチさせて口もきけなかった。

すると老人は「この石は代々私が所有していたので、ぜひお返し願いたい」という。

「お宅の物だとおっしゃる証拠が何かおありですか」

「この石には九十二の穴があり、大きな穴に『清虚天供石《せいきょてんくせき》』※の五文字が彫ってあるはずです」

雲飛は言われるままに穴の数を数えるとなるほど九十二あり、一番大きな穴には清虚天供石の五文字がたしかにあった。

雲飛はこの石は老人つまり仙人の物だと気がついたが、それだけにおしい気持になり、両手で宝物を抱きかかえ「渡すものか！」と泣きわめいた。

「仕方がないですな、それでは私はあきらめて帰ることにしましょう。石がここにあったことだけでも、よかったことにしましょう」

帰るという仙人を家の外まで見送った。そして部屋に帰ると石の姿は居間にも奥の部屋にもない。あわてて仙人を追いかけて行った。

「私はどこにも隠していませんよ」

と穏やかに言う仙人を無理矢理、家に呼び戻した。

「天下の宝物はこれを愛する人に与えられるべきです。石はあなたの物でこの家の中にきっとあります」

いわれてみて雲飛が再び奥の部屋に行くと、何事もなかった如く元の位置に鎮座していた。喜ぶ雲飛に仙人はこんなことを話すのだった。

「私は三年後に、この石をあなたに贈ろうと思っていました。と言うのは、まだ業《ごう》※が三年残っているのに世に出てしまいました。それで寿命を三年減らさなければなりません。そして、あなたと寿命をともにすることになりますが、それで、よろしいかな」

「よろしゅうございます」

すると仙人は三つの穴を指でつぶすのだった。

「くれぐれもこの石を可愛がっておくれ」

こう言い残し仙人は立ちあがった。雲飛は言葉をつくして引き留めたが、姓名すらも答えず立ち去っていった。

清虚天供石　清虚天とは道教の仙境で月の宮殿とも言われ、供石は石のそなえ物のことである。
業　サンスクリット語で karman。羯磨《かつま》の訳。仏教で、現在の環境を決定し、未来の運命を定めるもの。前世の善悪の行いによって受ける報い。ふつう悪い行いによって現世で受ける報いをいう。

その後も、この石は盗難にあったりして、あちこち流転したが、最後は縁あってかならず、雲飛の元に戻ってくるのだった。

雲飛は八十九歳になると自ら死に装束を整え、息子に必ず石と一緒に葬るようにと言い残して、この世を去っていった。

《この物語について》

「雲の湧く石」は中国清時代の蒲松齢《ほしょうれい》の『聊斎志異《りゅうさいしい》』の中に「石清虚《せきせいきょ》」の題で出ている。この話を平易な文章にし、私なりの物語にしている。かつて彼の作品より「虎になった男」（原題「向杲《こうこう》」）や「魔法の梨の木」（原題「種梨」）「カエルのおよめさん」（原題「青蛙人《せいあじん》」）の話も、書いたことがある。

芥川龍之介や太宰治も彼の作品にヒントをえて、大作家なりの短編小説にしあげている。それ程『聊斎志異』は魅力ある怪奇物語集である。

私は平成二十三年（二〇一一）、山東省の旅で蒲松齢の故居を訪ねたことがある。大きな屋敷跡は立派な資料室や庭になっていた。

一本の木に桃と李《すもも》がたわわに実っていた。みんなは不思議そうに眺めていた。私は根元を見ると二本の木が寄り添うように植えられていた。そこで蒲松齢の怪奇物語を思い出した。その木の前で囲碁の旅仲間五人と中国人のガイドに蒲松齢の作品「魔法の梨の木」の粗筋を話した。

中国には「雲根」という古語がある。空気中の水蒸気が冷たい石に触れることで、水滴となるところから石は雲の根（もと）であると考えられていた。中唐時代の五言律詩に雲生石とか雲根という言葉がでてくる。

中唐・姚合《ようごう》の「殷尭藩《いんぎょうはん》の山南に遊ぶを送る」の中に、

渓静雲生石　　渓《たに》静かにして　雲　石に生じ
天晴雪覆松　　天晴れて　雪　松を覆《おお》う

※殷尭藩は人名・中唐の詩人

友人を見送っている詩で頸聯《けいれん》（五句目と六句目）で雲が石より湧く情景、雪が松の木を覆う光景を描いている。

中唐・賈島《かとう》の「李疑《りぎ》が幽居《ゆうきょ》に題す」の中に、

過橋分野色　　橋を過ぎて　野色《やしょく》を分《わ》かち
移石動雲根　　石を移して　雲根を動かす

※李疑は人名。詳細は不明。

この詩でも頸聯で橋を過ぎてもなお野趣がつづき、雲が湧くという山中の石を庭に映す、とある。この時代、雲は山の石から生ずると考えられていたことがよくわかる。

因にこの詩の頷聯《がんれん》（三句目と四句目）に、

鳥宿池中樹　　鳥は宿る　池中の樹

僧敲月下門　　僧は敲《たた》く　月下の門

とあり、推《お》す月下の門がよいか、敲くが良いか決めかねていたところ、文豪韓愈《かんゆ》の一行とあい、思いきって尋ねると敲くが良いと断じた。これが「推敲」の成句の由来となっている。

蒲松齢の物語は幽霊、妖怪、仙人、狐、菊の精など人間ばなれした主人公が登場する。主人公たちは皆やさしく人間の世界よりのびのびしている。

蒲松齢は清時代の文人でモンゴル貴族の末裔と言われ、山東省淄川《しせん》県の人である。「科挙」という官吏《かんり》登用試験の予備試験を主席で合格したが、本試験に落第した。五十一回目の本試験にも合格できずあきらめた。その間、県知事の顧問をしたり、家庭教師をしながら三年毎の試験を受けるかたわら、世間の奇談や怪談を集めて書きつづった。死後に刊行されたが、その不思議な説話の世界が次第に人気を博し、庶民に広く読まれるようになった。又、日本にも伝えられ平凡社全訳本や岩波書店等、数々の出版がなされ、日本人にも広く愛読されるようになり、江戸時代の落語にも深い影響を与えた。
『聊斎志異』は私の愛読書の一つである。

蒲松齢の像の前にて（山東省）

蒲松齢の出版物（故居資料室）

コロンス島の怪石

廈門《シャーメン》は中国・福建省に位置する。当地では廈門と呼ばず、アモイと福建語で呼ばれている大きな島である。今日では中国本土との間に大橋がかかり陸続きとなっている。近代的な街並で明るい印象をうける。そのアモイ島の横に小島コロンス島（鼓浪嶼）があり、ここには橋はなくフェリーで渡る。

私は二回この島を訪れている。最初は島一周を観光用の電動カーに乗ってざーっと見学した。島ではガソリン車は禁止されている。二回目はかつての思想犯を取締まるための監獄もある旧日本領事館や、洋風の建築物巡りのじゃらんじゃらん（ぶらぶら歩き）や、このコロンス島の怪石をじっくり見物した。怪石は西南側の浜辺にあり、大きな縦穴が開いている岩である。満ち潮の時、強風が吹く時、波静かな日によって、それぞれ違った音を発するから観光の目玉でもある。

旅から帰ってからも、この岩のことが忘れられず、ご愛嬌の詩をつくった。

コロンス島の怪石

コロンス島は海上の楽園
浜辺に怪石あり
岩と岩とが重なりあって
長い年月が過ぎ去っていった
いつしか一枚岩となり
不思議な洞穴《ほらあな》ができた

満ち潮になる
ポコポコ　ドンドン　ポコポコ　ドンドン
大太鼓《おおたいこ》の音が島全体に
響きわたる

強風が吹きつける
ゴロゴロ　ゴロンス　ゴロゴロ　ゴロンス
雷神が鳴きわめき　島全体に
響きわたる

今日は穏かな日だ
波が打ち寄せるたび
コロンス　コロンス
声を殺して鳴いている
こんな静寂を一人占めできれば
島の仙人の弟子入りができるかも

V

ギリシャ神話の石語り

石から人間が生まれる
――ギリシャ神話・大洪水《だいこうずい》の巻

ギリシャ神話をないがしろにすることは、西洋文芸の大半をないがしろにするのと同じである。と、坪内逍遥※は述べている。

石は神々や英雄や人間を産むだけでなく、石そのものも産む。ここでは石より人間が生まれた話があるので、これからその話をしておこう。

神話に入る前にギリシャの神々のことに少々ふれておきたい。

天地が分かれ、この世界ができたのは大昔のことだ。世界を治めていた神をジュピター（ギリシャ名・ゼウス）といった。ジュピターは神聖な山オリンパスの頂から外界をご覧になっていた。

ジュピターには二人の弟がいた。上の方はネプチューンという海神で、深い海底の宮殿に住んでいた。下の方はプルートーといい顔が青白くやせた体の神で、死者の国を支配していた。ジュピターの一族には妻ジュノー、美の女神ヴィーナス、戦いの神マーズ、伝令の神マーキュリー等々多くの神々がいた。もっとも大昔から山上の白雲の中にはジュピター神族だけがすんでいたのでなく、その前にはタイタン族という一族がすんでいて、世界を統治していた。タイタン神族は十二神で人々に平和で幸福な生活をさせていたが、黄金時代は終りを迎えようとしていた。この悲しい変化を起こしたのはジュピターの兄弟であった。ところで、タイタン族のひとりの神・イアペタスに二人の子がいた。人間と同類ではなく、山上の神族とも異なる神人である。兄の方をプロミシュース、弟の方をエピミシュースといった。プロミシュースは洞穴の中で震えていた人間に太陽から盗んだ火を与えた。そして食べ物を火で焼くとか、木と石で家を造ること等々教え伝えた。

ある日ジュピターが地上の動静に目を向けていると、このように取り計らったのがプロミシュースだと知った。ジュピターはプロミシュースを罰したいと考えたが急がなかった。ジュピターは一座の神に向かって「人間の奴らこそ、われらの禍《わざわい》のもとである。プロミ

坪内逍遥　(一八五九－一九三五年) 明治・大正期の評論家・小説家・劇作家。小説「当世書生気質」と評論「小説神髄」を刊行。「当世書生気質」は当時の戯作とさして変わらぬものであったが、世間では当時卑しい職業とされていた文学の仕事を東大出のエリートが選んだということで、注目された。「小説神髄」の主張も文学論として不充分なものであったが、文学の地位を高めた点に於いて日本近代文学史上重要な意義がある。

シュースが人間に味方をする以上にもっと悲惨な状態にする計画を私は持っている」と打ち明けた。鋳物の神バルカンに女の人形をつくらせ、ジュピターはそれに生命を授け、他の神々も思い思いのものを授けた。美しい眉目《びもく》、よい声、しとやかな容姿、優しい心、いろいろな芸、ものを知りたいと思う心などを授けた。ジュピターはパンドラと名づけ、翼を持つマーキュリーにこの姫をプロミシュース兄弟の所に連れて行き紹介させた。弟がこの美しい処女《おとめ》をすっかり気に入り妻とした。パンドラー姫は黄金の匣《はこ》をひとつ持っていた。開けてはならないと大気を司る女神アシーナより言われていたが、ある日この秘密の匣を開けてしまった。きしむような異様な響きがしたと思ったら青白い小怪物が百千も躍り出た。それは「苦しみ」という疾病と憂苦の妖精だった。この時まで、病や心の苦しみを知らなかった人間たちの家に飛んでいった。それ以来、人間は頭のいたみとか、リウマチだとか、その他たくさんの病気にかかるようになった。その上、人間は年をとるようになった。

　世の中は全く惨めなことになってしまったが、パンドラが大あわてで蓋《ふた》をしめた時、匣

マーキュリー
（ジオバンニ・デ・ボロニヤ作）

の中にたった一つ、小さな生物が閉じこめられたままだった。

「もしもし、パンドラさん、もう一度あけて下さいな」

こんな声が聞こえていたのを思い出した。その声はとても優しそうだったので、もう一度匣の蓋をあけてみようと決心した。

「よしなさい。もっともっと、悪い奴が出てくるかわからないぞ」

夫のエピミシュースがあわてて止めた。

「ね、あけて下さいな、パンドラさん」

気持ちのいい羽のすれる音と、優しいささやきが聞こえてきた。パンドラはヒリヒリしていた傷がすーっと気持ちよくなっていくのを感じた。

「あたし、あけてみますわ」

重い匣のふたを思いきってあけた。すると虹のような光がサッと射し、小さな可愛い女神が立っていた。

「わたしは『希望』です。世界にまき散らされた『苦しみ』がいたずらをして歩いた後を直すためにやってきたのです」

希望という名の親切な女神が、すぐに世界中を飛び回って、苦しみがまいたあらゆる不幸を消して歩いた。

一方、ジュピターは太陽から火を盗んだプロミシュースを捕え、コーカサス山脈の最高峰に鉄の鎖《くさり》で縛りつけさせた。ジュピターが遣わした大鷲《おおわし》に肝臓を毎日食わせることにした。プロミシュースは不死であったため、日中に大鷲に食い散らかされても夜の内に再生するのだった。ジュピターの息子の英雄ハーキュリーズは子殺しの罪をあがなうため難業の旅をしていた。このハーキュリーズが飛来した大鷲を矢で射殺した。勇敢に射殺したのを見てジュピターは満足した。そしてプロミシュースの罪をも許し、それぞれ二人はジュピターと和解した。

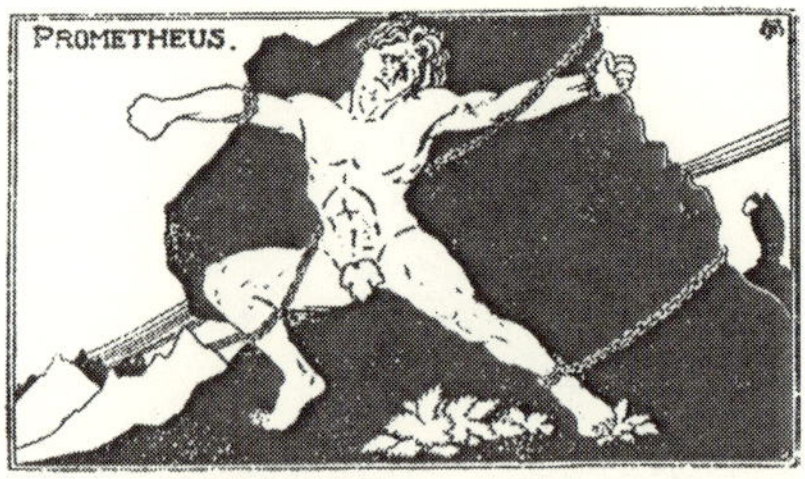

縛られたプロミシュース

※口絵参照（名画を味わう）

※参考図書一覧『名画で読み解くギリシャ神話』

さて、前置きが随分ながくなったが、「石から人間が生まれる」というギリシャ神話「大洪水の巻」、いよいよの始まりだ。

大洪水《だいこうずい》

ジュピター大神がプロミシュースをコーカサスの山上に縛り、パンドラーが黄金の匣《はこ》をあけたことにより、人間は病に苦しむようになり世の中は最悪の状態におちいった。人々は働く意欲を失い平和な生活を楽しむこともできなくなった。そのうちお互いに争いを起こし、血があちこちで流れるようになった。力の弱い者、病気で苦しむ者の叫び声もいちだんと高くあちらこちらで聞かれるようになった。さすがのジュピターも顔をそむけるようになった。しかしジュピターは神々に向かってこう言った。

「人間こそ、われらの敵で禍《わざわい》のもとだ。もし人間に幸福を与えたら、力はわれらより一枚も二枚も上だ。早く奴らのすべてを滅ぼしてしまうのが最善の策だ」

そこで、ジュピターは北風を洞穴に閉じこめて、雨を降らせる南風だけを地上に吹かせることにした。地上に激しい風が吹き、滝のような雨を降らせた。雨は何日も降り続き河や海の水は堤を越え、ついには小山も水没してしまった。それでも人々はたがいのうちで争いや略奪をやめず修羅場《しゅらば》となった。

プロミシュースにデウカリオンという子がいた。父のように神さまではなかったが、徳が高く人望があった。妻はピルラといい、賢く優しく美しい人であった。このような大洪水による修羅場をデウカリオンだけが予測していた。そこで前もって造っておいた箱舟には食べ物や水をたくさん積み込ませていた。そして最愛の妻ピルラとこの箱舟にのり、大洪水をものともせず降りしきる雨の中を漕ぎ出した。

舟は何日も降り続く雨の中をあちらこちらと漂っていた。森や丘も姿を消し、山々も水没してしまった。ついにデウカリオンにも覚悟しなければならない時がきた。地上の生きとし生けるもの、すべて溺《おぼ》れ死んでしまったのだ。二人ののった箱舟はパーナッサスという高い山の頂上で止まってしまった。幸いなことに幾十日も経って、雨だけはようやく止んだ。雲もきれ空は青々として光も輝きだしたのだ。二人は自分たち夫婦の他に人間は誰もいないと思うと悲しく、止めどなく涙がこぼれ落ちた。はたしてこの先はどうなることだろうと、不安につつまれながら麓を目指し下山していった。

二人は嘆きながら、励ましあいながらすごすご歩いていると、ふと後ろの方で誰かの声がした。驚いてふり返ると岩の上に身分が高そうな人が立っているのだった。背が高く冠にも沓《くつ》にも翼がついており、金色の蛇の巻きついた杖をもっていた。一目見て大神の伝令神マーキュリーだとわかった。二人は立ち止まり神託を待った。

「おまえたち、何か望むことはないか。あれば叶《かな》えてやろう」

デウカリオンは喜び勇んで言った。

「お願いを申し上げたいのは、この国に再び人々を見ることです。あまりにも世界は荒涼としています」

「よしわかった。それなら山をまっすぐ下って行け。歩いていく道々で、お前たちの偉大な母の骨を肩越しに後ろへ投げよ。願いは叶うはずだ」

無造作にそれだけいうと、マーキュリーは空へ駆け上がっていった。

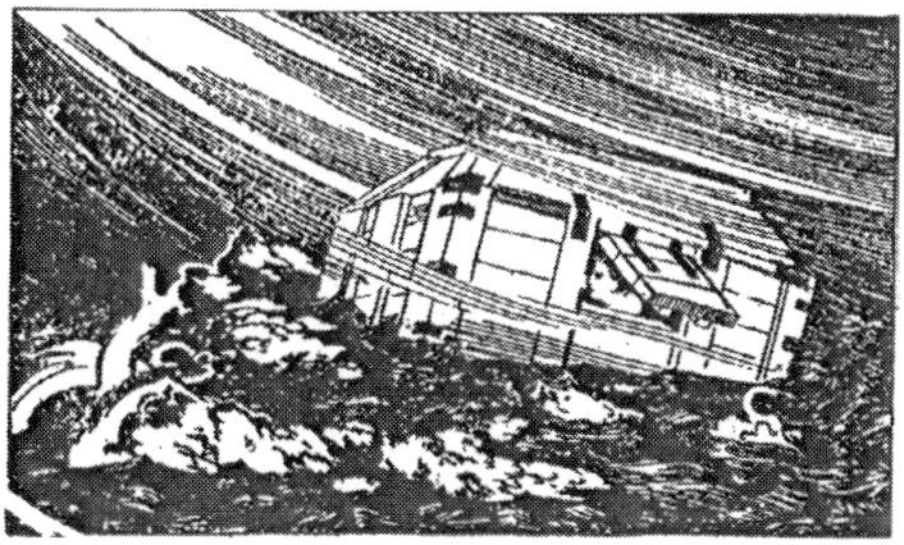
大洪水

ピルラはわけがわからず夫にたずねた。

「神のご意志があなたにはわかりますか」

「わたしにもよくわからない。偉大な母の骨とは何のことだろう。二人でよく考えてみようよ」

二人はいろいろと知恵を出し思いつくまま話し合っていた。偉大な母というのは母なる大地で、骨というのは二人のまわりにころがっている石のことにちがいない、と思いついた。

「それは大地の石ということかも知れませんよ」

「そうだ、その通りだ、私もそう思う。解くことができたぞ。石を拾い肩越しに後ろへ投げてみよう！」

「気が狂いそうなことね。でも害にならないならしっかりやってみましょうよ」

夫は大きく頷《うなず》いた。

二人は山の麓に向かって歩きはじめた。道々に石のかけらがあれば拾って肩越しに後ろに投げた。すると不思議なことがこの世に起った。デウカリオンの投げた石がパシッとひとつ地面に落ちるや否や、健やかで立派な男になって飛び跳ねた。ピルラが続いて投げた石は美しい乙女になってすくっと立った。

※口絵参照（名画を味わう）

二人は大いに喜び、驚きながらも、次々と石を投げ続けた。下山した時には数えきれないほどの健康で美しい男女を従えていた。

※参考図書一覧『名画で読み解くギリシャ神話』

こうしてデウカリオンは一族の王となり、ピルラは妃となった。この男女たちは、それぞれに結婚し、家を造り、土地を耕し、その他、必要なことはこの王と妃が全て教えこんだ。人々は洪水以前と比べて、はるかに比べものにならない幸福な暮らしができるようになった。

王室に待望の王子ヘレンも誕生した。そこで国の名をこの王子の名に因んでヘラスと決め、国民をヘレニース（ヘラス人）と呼んだ。今日のギリシャ国家の基はこのヘラスである。

紀元前20世紀頃に現在のギリシャ人の祖先ヘレニースがこの地にやってきて、新しいギリシャが始まり彼らはアカイア人と呼ばれ、独自のミケーネ文明をつくりあげた。

ミケーネ文明は前16～12世紀にギリシャ本土に発達した文明でギリシャ文明の先駆となる。

この文明は長らく忘れられていたが、19世紀末シュリーマンの発掘によって明らかになったトロイア文明とともに再発見された。

《ギリシャ神話について》

ギリシャ神話は元々、紀元前一五世紀頃から紀元前八世紀までギリシャにおいて、口承で語られていた様々な伝説である。

今の世にある文学作品を最初に著わしたのは、紀元前九世紀の盲目の詩人ホメロスであった。紀元前八世紀には詩人ヘシオドスが叙事詩を著述した。

古代ギリシャ人達は「ホメロスとヘシオドスが神々のことを教えてくれた」と思っていた。普段は目に見えないが、人間そっくりの姿をした天上の大勢の神々によって自分たちは支配されていると考えていた。

ヨーロッパを旅すると、数々の芸術品を目にするが、宗教（キリスト教）とギリシャ神話、ローマ神話をよく知っていないと興味は半減すると痛感したことがある。正直言って勉強不足の私には「宝の山に入りながら手を空しくして帰る」旅となってしまった。

ギリシャ神話の中には数々の神が次々と登場してくる。しばしば私が混乱するのは、ギリシャ名とラテン名と英語名があるからだ。ギリシャ神話にでてくる代表的な神々を例にあげる。

ギリシャ名	ラテン名	英語名
ゼウス	ユピテル	ジュピター
ポセイドン	ネプトゥヌス	ネプチューン
ハデス	プルト	プルートー
ヘラ	ユノ	ジュノー
アプロディテ	ウェヌス	ヴィーナス
アレス	マルス	マーズ
ヘルメス	メルクリウス	マーキュリー

ギリシャ神話は今の世でも生き続けている。星座の名や、神に関わる物が会社名、商品名、商標、学校の校章などに使用されている。そして美術館に行けばギリシャ神話をテーマにした絵画や彫刻作品が多くある。かの有名な豪華客船タイタニック号はタイタン神族にちなんで名づけられた。コーヒーのスターバックスにある長髪の女性はセイレンが描かれている。セイレンは人面鳥身の海の精。美しい声で船人を魅了し、島に上陸させてはこれを滅ぼしたと伝えられる。注意を呼びかけるサイレンはセイレンが語源となっている。アメリカの宇宙飛行のプロジェクト「アポロ計画」はもちろん太陽神アポロンにあやかっている。その他、

ハーキュリー、アキレス、ヘルメス、ナイキ（ニケ）、ポセイドン、ミネルヴァ、バッカス、オデッセイ等々である。

東京高商（現一橋大学）の校章は商業、学術の神・マーキュリーの杖を図案化したもので、コマーシャルカレッジの頭文字Ｃ、Ｃを添えて二匹の蛇が巻きつき、頂には羽ばたく翼が付いている。蛇は英知をあらわし世界の動きに敏感であれと、翼は世界に翔けと念願している。

母校関西学院のエンブレム（紋章、ワッペン）の中にもマーキュリーの杖が画かれている。上部の絵はかつて学院を構成していた四部門の一つである中学部は三日月、神学部は聖書、高商部はマーキュリーの杖、そして文学部はペンと松明の四つの絵があり基部に学院のモットーであるＭＡＳＴＥＲＹ　ＦＯＲ　ＳＥＲＶＩＣＥが記してある。特に三日月は、その後学院全体のシンボルマークとして校章になっている。三日月（新月）にＫ・Ｇと入れたものである。新月は今の私たちはあらゆる面で不完全であるが、次第にふくらんで満月と

一橋大学校章

関西学院エンブレム

なっていくようにとの願いがこめられている。又、自ら光を放つのではなく、太陽の光を受けて暗い夜を照らすように神の恵みを受け、それを地上に伝え世の中を明るくしたいとの念願を表している。

マーキュリーが商業の神とされた由縁について話しておきたい。

ジュピターは泥棒と嘘つきの能力がある息子が欲しくてタイタン族のマイアとよぶ娘と密通してマーキュリーを誕生させた。マーキュリーはゆりかごを抜け出すと、遠くの地にあるアポロンの牛を五十頭盗んできた。足跡がわからないように羽根つきのサンダルをはいていた。アポロンは怒ったが、マーキュリーが自作の竪琴を奏でているのを見てそれが欲しくなり牛と交換することになった。こうしてジュピターは結局は正当な取り引きで牛を手に入れた。望んだ通りの息子を得たジュピターは大満足して彼を伝令の神として立ち回らせることになった。尚、古代ギリシャでは泥棒はあまりひどい悪事だと見なされなかったようだ。

マーキュリーは神々のあいだに、いろいろなニュースを知らせる役や、それ以外にも牛飼いや、旅人や、ぬすびとたちの守り神でもある。

広く一般的には、商業の神として崇められている。

VI　古代オリエント石語り

紀元前の都市を訪ねて
——エフェソス・石の遺跡

トルコの旅を続けている。今日は昨日の世界遺産トロイの遺跡観光につづいて、エーゲ海最大の遺跡エフェソスの観光があり楽しみだ。トルコは農業大国でバスの車窓から麦の絨毯《じゅうたん》畑が続いているのを眺めながらアイワルクより目的地に向かっている。ところどころ遊牧民がテントを張っている。たくさんの羊を飼って旅をしているようだ。ミモザとカリンの花があちこちで咲いている。この花が咲けば夏がやってくるとトルコの歌にうたわれているようだ。

とにかく、この国の人は明るく日本人贔屓《ひいき》だ。小さな国が大きな国ロシヤを過去にやっつけたことがあるし、何と言っても明治二十三年（一八九〇）、トルコ軍艦「エルトグロール号」の和歌山串本沖での遭難事故があった時、涙ぐましい救助作業をこの村の人たちがしていることだ。この話は小学校低学年の教科書に昔から載っており、トルコ人はよく覚えている。

紀元前の古代三大都市はエジプトのアレキサンドリア、イタリアのローマ、そしてエフェソスである。そのエフェソスには不思議な滅《ほろ》びの美がある。往時を伝える数々の遺構が比較的きれいな形で復元されている。

古代ギリシャの古文書によると、イオニア人たちはエフェソスの創建者とされるアテネ王コドルスの息子アンドロクレスに率いられてこの地にやって来た。この移住は第一回オリンピックの大会に先立つこと三〇一年前のＢＣ一〇七七年より始まったらしい。そして世界一恵まれた気候と美しい空に魅せられて、ここに彼らの都市国家を築きあげた。

トルコとギリシャのガイド・ユウちゃんに案内されて私はこの地にやってきた。ユウちゃんは石原裕次郎のように体格もよく苦みがかった顔の男で、Yusuf（ユースフ）と呼びにくいのでユウちゃんと呼んでくれと自分からいった。

当時（二〇〇六年）はユニセフ世界文化遺産にまだ未登録だったせいもあって、私はこんな素晴らしいものがこの世に残っているのを知って正直、驚いた。その後二〇一五年に登録されたが、ユウちゃんは「いつでも登録できるのですよ」と自信たっぷりに話していたが、事実そのとおりになっている。当時はまだ発掘中で登録申請をすると開発が出来ないことなど、ユウちゃんは知っていたのだろう。

ここはトルコの美しい港町イズミルの近郊である。もともとは海岸近くにあったが、土砂の堆積により、現在は海岸よりかなり離れている。エフェソスはギリシャ語でトルコ語ではエフェスと呼んでいる。

エフェソスの歴史を理解するのには、それ相応の西洋史の知識が必要だが、そこを私はにわか勉強でいろいろなことを知りえることになった。今、私はユウちゃんに奨められ4＄で買った「エフェソス・日本語版」を読んでいる。長い間本棚で眠っていたトルコ旅行ガイド協会に承認、推薦された小冊子が今頃になって役立つとは夢にも思っていなかった。

エフェソスは紀元二世紀になって、共和政ローマの支配下に入り小アジア属州の首府とされた。その後古代ローマ帝国の東地中海交易の中心になった。現在残っているアルテミス神殿の遺構はこのローマ時代に建てられている。アルテミス神殿に放火すれば後世に名が残ると考えて実行した者がおり、かつて神殿は完全に燃え尽きた。石だけは燃えないのでその後も再建されたが地震等にもより姿を消している。この神殿にはアナトリア地方の地母神キベレであろうと言われているアルテミス像※が祀られていた。この像は今もイズミル考古学博物館に陳列されている。

※口絵参照（アルテミス像）

信仰の起源はこのキベレにあり、これが独特のアルテミス信仰へと変わっていき、多くの信者を呼ぶこととなった。
最盛期の神殿は円柱一二七本を擁する巨大なもので、アテネのパルテノン神殿より大きく「古代世界の七不思議のひとつ」といわれている。現在では大理石の円柱が湿地に一本だけ屹立《きつりつ》している。

※口絵参照(アルテミス神殿跡)

この神殿には百二十万冊の蔵書を誇った巨大なセルシウス図書館※と二万五千人収容可能な大劇場※や音楽堂※(オデオン)もあり、今の世にその遺構を見ることができる。

※口絵参照(セルシウス図書館)(大劇場)(音楽堂)

大劇場は丘を背にしたすり鉢の構造で音響効果に優れ、今でもオペラやコンサートが毎年開催されているらしい。この石の座席に座ってみると何だか甲子園球場のバックネット裏にいるようだった。

「万物は流転する」と説いた古代ギリシャの哲学者ヘラクレイトスはこの地で生まれ、古代の七不思議の一つと称えられているアルテミス神殿が建造され、使徒パウロがキリスト教を伝導し、聖母マリアが使徒ヨハネとともに余生を送ったと伝わるエフェソスは、まるで古代の歴史絵巻を見ているようだ。

やがてエフェソスは、ローマの権力者アントニウスが世界三大美女と言われたクレオパトラの虜《とりこ》になり破滅の道へと突き進んでいくことになる。さらにエフェソス側にある二つの山から流れ込む土砂によって港湾の機能を失い、この町は衰退の一途を辿っていった。

今私は、かつてクレオパトラとアントニウスが手を組んで歩いたであろう石道路を見ている。美しい模様※が浮きでてこの上を歩くことは私にはとてもできない。道の側から眺めて、ほとほとその美しさに感心している。

※口絵参照（美しい模様の道）

そして港に通じているマーブル通りを歩いた。ユウちゃんがやって来て大理石の絵のようなものを説明してくれた。私は興味津々、ガイドのユウちゃんの話に耳をかたむけている。その大理石の案内図※は人間の足形と女の姿とハートが描かれていた。※口絵参照（大理石の案内図）

女の姿とハートは娼婦宿を示しており、足形は娼婦宿が左前方にあることを表しているという。これが世界で一番古い案内図（広告）なのか、はたまた落書きなのか、いずれにしても気が遠くなるようなものだ。

エフェソスの娼婦たちは知的で教養があることで知られていた。彼女たちは自分の家を所有したり、デモや選挙が出来たりと、普通のローマ人女性になかった特権を所有していた。

ユウちゃんと離れてぶらぶら歩きを楽しんでいる。旅で知りあった女性から話しかけられた。
「大昔、このあたりは、さぞ賑《にぎ》わっていたんでしょうね」
「そうですよ。ここは港町十三番地ですから」
「ひばりちゃんの歌ですね。ちょっと歌ってみて」
お昼に飲んだビールの酔いもあって一節だけうたった。
♪長い旅路の航海終えて
船が港に泊《とま》る夜
海の苦労をグラスの酒に
………
ああ港町十三番地♪

エフェソスの都市遺跡は他にも数多くある。セラピス神殿、ハドリアヌス神殿、聖母マリアのダブル教会、アゴラ市場、スコラスティカ浴場、ラトリネ（トイレ）等々である。
トルコのユニセフ世界遺産は他にもたくさんある。

イスタンブール歴史地域、ギョレメ国立公園―カッパドキア、ヒエラポリス―パムッカレ等々である。私のいち押しはやはりエフェソスだ。完全な形で今世紀に残っている建造物は何一つなく、土台だけ、柱だけ、壁の一面だけだが、それでも素晴らしい。周囲の山々は草や低木が生えているだけの禿山だが、所々に杉や松の木が見えかくれしている。

エフェソスの遺跡はこの荒涼たる景色と見事に調和して、人と自然の営みの不思議さを物語っている。

エフェソスや滅びの美ありミモザ咲く

勝利の女神ニケ（ナイキ）のレリーフ

エジプト旅行記
――ピラミッドの謎を訪ねて

退職後、私がぜひ行ってみたいところとして、シルクロード、エジプト、モンゴル等があった。平成十一年（一九九九）の六月に役員を退任した。会社は念願の株式上場を達成していた。思い残すことはない。これからの会社は若い世代の人たちが頑張ってくれるはずだ。さあ、自由の身だ、何処へでも行けるぞ！　その年の十月にはシルクロードの旅をした。次の年から一人で四国八十八ヶ所の巡礼を始め、三年かけて結願した。その間、連れ合い同道でインド・ネパールの旅、ハワイ四島めぐり、オーストラリアの旅にも出かけた。

そんな、退職後の旅を満喫していた時に、腰痛がおそってきた。その内によくなると思っていたが、日々深みにはまっていくのだった。高齢者に多い「腰椎変形性すべり症」と「脊柱管狭窄症」を併発していた。一時は手術を覚悟したが医者の反対もあって、ありとあらゆる治療をして一年間でかなり回復してきた。

平成十八年（二〇〇六）四月、「エジプト・トルコ大周遊十三日間」の旅をすることにした。関西国際空港に集まった同じツアー仲間十二人ほどの顔ぶれを見ると、結構一人参加の人が多く、近畿一円、中国方面、四国方面からも来ており、夫婦連れの多い旅とは少し様子が違っていた。

前置きが少し長くなったが、さあ旅に出よう。と言っても、一昔前の話なので、記憶がかなり薄れている。果たしてこの旅行記、書けるかなと不安に思い自宅のアルバムやら資料を開いてみた。「旅のしおり」（スケジュール表）があり、その中に小さな字でメモがぎっしり書き込まれていたので、何とか書けそうだと思った。

四月十日関空発午後の便にて出発。天空の神ホルスの翼マークのあるエジプト航空の直行便はカイロまで約十三時間半を要する。エジプト・アラブ共和国はイスラム教が国教のため、機内ではアルコールのサービスは一切なしとのこと。但し、持込みＯＫとのことで免税店でスコッチウィスキー「オールドパー」を買うことを忘れなかった。

オンザロックにしてチビリ、チビリンコンとやりながら窓より下界を眺めている。機内の画面を見ると、ヒマラヤ山脈を眼下にして運行しているようだ。やがてカスピ海、黒海より南下していよいよカイロ到着となった。

機内より見たカイロの街のネオンが美しかった。街は交通信号がなく、ライトアップされたギザのピラミッドを横目にして五星ホテル、ピラミッドパーク・インターコンチネンタルにチェックインした。シャワーを浴びてベッドに横たわり、やれやれと思うと少しグロッキーですぐに眠りについた。

明くる日より早速七日間のトルコの旅へと元気よく出発した。この旅より「紀元前の都市を訪ねて―エフェソス・石の遺跡」と題して本書に掲載している。

七日間のトルコの旅を終えて昨日の夕方にカイロに帰ってきた。

さあ、今日は世界遺産ギザの三大ピラミッドとスフィンクスの見学だ。何はともあれエジプトに来たからには、これを見ずには帰れないと誰もが思う。

世にいう世界の七不思議の大ピラミッドを一目見たかった。世界の七不思議はヨーロッパ人の地理的知識が広がり、古典古代におけるもの、中世におけるもの、現代におけるもの、とに区分され、それに世界の自然七不思議もある。中世と現代の七不思議の両方に入っているものにローマのコロッセウムと中国の万里の長城がある。

※口絵参照(古典古代における七不思議)

古典古代における七不思議※の中で現存しているものはギザの大ピラミッドのみである。あとの六つは地震や破壊などで消滅してしまい、遺構や遺跡がわずかに残っている例もある。

カイロの街は大河ナイルが悠々と流れ、大河を挟んで東側は生者の街、西側は死者の街と言われていた。何と国土の90％以上が砂漠である。ギザの三大ピラミッド※とは

。最大の大きさを誇るクフ王のピラミッド

。スフィンクスを従えたカフラー王のピラミッド

。小さいが均整のとれたメンカウラー王のピラミッド

どれも威厳に満ちて堂々たる姿をしている。ギザのピラミッドは今から四千五百年以上も前の古王国の時代に建造されている。旅行中あちこちでもっと年代の古い物も見たが、何と言っても三大ピラミッドがすばらしい。

※口絵参照（ギザの三大ピラミッド）

クフ王の大ピラミッドは、基礎部分の四角形の一辺は２３０ｍ、高さは頂上が９ｍ崩れているのが当時は１４６ｍもあった。傾斜角度は51・50°でこんな大きな建造物を、クレーンなどの機械がない時代、果たして人間が本当につくったのだろうか。宇宙人説もあると聞いた。

この大ピラミッドの内部見学は可能だが、一日三百人に制限されている。今から入る入口は、九世紀に盗掘で入られた所をそのまま使用している。本来の入口はもう少し上にあり、現在

は閉鎖されている。

懐中電灯で足元を照らしながら、腰をかがめて歩くところもあった。王妃の間を見学し、それからは上昇通路になっている大回廊を昇っていくと王の玄室があった。ここの部屋の壁は赤い花崗岩で造られている。ピラミッドの他の石は石灰岩を使っている。玄室には蓋のない石棺がポツンと一つ置いてあるのみだった。

再び外に出てスフィンクスを従えたカフラー王のピラミッドに向かって砂漠を歩いている。朝晩はすごしやすいが昼間は日本の七月頃の暑さだ。体調の悪くなった人が数人出ていた。

古典古代における七不思議
古典古代とは古代ギリシャ・古代ローマ時代を指す
ギザの大ピラミッド
バビロンの空中庭園
エフェソスのアルテミス神殿
オリンピアのゼウス像
ハリカルナッソスのマウソロス霊廟
ロドス島の巨像
アレクサンドリアの大灯台
現代一般的には紀元前二世紀にビザンチウムのフィロンの書いた「世界の七つの景観」の中より選ばれている。古代地中海に存在していた七つの巨大建造物を指す。

今回のツアー客の中に松山市から来た方で私と同じ脊柱管狭窄症を患っていた方が、何とか頑張ってついてきておられた。ラクダに乗ったポリスマンが四六時中巡回していた。この国は治安が悪いようで、観光バスにもポリスマンが乗っている。

風で私の帽子が飛んでいった。あわててさがしに戻ると、絵葉書売りの少年がニコニコ顔で帽子を差し出してくれた。サンキューと言って絵葉書を買うと、帽子を拾ったチップを要求された。私たち日本人はチップをだすことに慣れていない。小銭を手渡すと、今度は「バクシーシ」と言って又、手を出した。仕方がないので小銭をあげることにした。バクシーシとはイスラム経典コーランの中に「富める者は貧しい者に施しを」の教えにより、当然のことのように要求してくる。何もしてもらっていなければその必要はない。

機内で横の席で知りあった藤原さん（福山市在住）は、百円玉10個と千円札を両替してくれたら絵葉書サービス、と言ったのでしてやると、何とセットにした上の一個のみが日本円で、あとは同じ大きさのこの国の安いコインだったと話していた。

カフラー王のピラミッド※の前にやってきた。

※口絵参照（カフラー王のピラミッド）

カフラー王はクフ王の後を継いで古王国第四王朝のファラオになった。ファラオとは、もともと王宮を意味していたが、今日では王を指す。カフラー王のピラミッドは二番目の大きさだが、高い台地に位置するので一番大きく見える。頂上部分には石灰岩の化粧石があり、基礎には花崗岩の化粧石が残っており、完成当時はさぞ美しく装っていたことだろうと想像できた。

続いてスフィンクス※の見学だ。

※口絵参照（スフィンクス）

カフラー王のピラミッドの参道に、人面獣身のスフィンクスがある。これはカフラー王の墓の守護のためにあると言われ、顔はカフラー、身体はライオンと言われている。顔の部分は別の石で首から下は大きな岩山よりつくられている。石灰岩製で全長57m、高さ20m。好奇心の強い私は、尻尾《しっぽ》※もあるかなと後に回ってみると、そこには大きな物がきちんとつくってあった。かつては砂の中に埋もれていて人目についていなかった、とガイドが教えてくれた。

※口絵参照（スフィンクスの尻尾を見つける）

果たしてカフラー王の時代に守護神として造られたのか、この定説に決定的な証明がなされていない。アメリカのエジプト考古学者マーク・レーナー博士は、カイロ博物館のカフラー王の彫像の顔を、コンピューターグラフィックを使って比較したところ合致した、と言っている。

ところが、第四王朝の碑文に「クフ王がスフィンクスを見た」の記録があり、真実は闇の中にある。カフラー王よりも前のクフ王の時代に建造され、スフィンクスそのものが、太陽神として信仰の対象だったという説である。

スフィンクスの見学をすませてメンカウラー王のピラミッドに向かって歩いている。時おり強い風が吹いて帽子が飛びそうになる。ガイドはカイロ三年間在住の日本女性水野さんでエジプト人と結婚している。主人も観光業務で紅海の方で働いていると聞いた。彼女の話によるとハムシーンと呼ぶ砂嵐が今年は三月初めと終りに二回あったとのこと。ひどい時には目を開けることができないらしい。彼女は炎天下でも帽子なしで歩いている。この人、本当に日本人かと思った。

帽子が飛ばされるのを気にしていたらアラブの人たちが頭に巻きつけている白い頭巾を1$で売りにきた。早速買って適当に頭に巻きつけていた。すると、頭を指さして、そのかぶり方は変だと、すれ違うエジプト人たちのうるさいこと。見るに見かねて少ししか日本語が話せないチーフガイドのイサクさん（キリスト教コプト派の人）が、上手に巻きつけてくれた。殆どの人がイスラム教スンニ派と思っていたが、古代よりキリスト教信者もいてコプト文化を形づくっている。
頭に白い頭巾をのせると意外に涼しく感じ、何だかアラブの男になったようで一句浮かんできた。

炎天下アラブの頭巾ひらひらと

メンカウラー王のピラミッドの前にやってきた。メンカウラー王のピラミッドは三大ピラミッドの中では小さく、他の物に比べ約半分ぐらいの大きさだ。北を正面にして建てられ、中央に大きく開いている穴は盗掘を試みられた跡である。地下の玄室にかつては見事な彫刻が施された石棺があったが、イギリス軍の大佐が大英博物館に向けて輸送しようとし、スペイン沖で船が難破して紛失してしまったらしい。

三大ピラミッドとスフィンクスの見学を無事終えた。その後もあちこちでこれより古いピラミッドも多く観た。いよいよ本題のギザのピラミッドの謎についてふれたい。世界のエジプト考古学者や、各分野の学者や有識者がいろいろな説を出しているが、謎は、今世紀になっても解き明かされていないのが現状である。三大ピラミッドについてのミステリーとして、㈠建造年代　㈡建造目的　㈢建造方法の三つに集約されるが、その他にもミステリーは尽きない。

第一の建造年代について。

これに関してはあるひとつの説が有力である。紀元前五世紀のギリシア人の歴史家ヘロドトスの著作『歴史』※に述べられている。（※参考図書一覧）

「エジプト人の語るところによれば、このケオプス（クフ）の治世は五十年に及び、彼の死後はその弟ケプレン（カフラー）が王位を継いだという。この王も万事、先王と同じ流儀を通した人物で、ピラミッドも造ったが、その規模はケオプスのものには及ばなかった（中略）ケプレンの後、ケオプスの子ミュケリノス（メンカウラー）がエジプト王になったという。（中略）この王もピラミッド一基を残したが、これは父のものより遥かに小さく、方形の各辺の長さが三プレトロンに二十フィート足らず、半分がエチオピア石で造られている」

最大ピラミッドの部屋の王名の書かれている枠の中に古代エジプト文字・ヒエログリフ※で「クフ」という文字が記されていた。この発見でクフ王が造ったと実証された。今この説を覆すことはできないといわれている。

第二の建造目的について。

どんな建造物でも目的があってこそ造られるが、こんな基本的なことさえはっきりしていない。ヘロドトスの『歴史』のなかに、「地元の人が王の墓だと言っていた」と書いてあったことからピラミッドは王の墓というのが定説となっている。

しかし、六十基もあるピラミッドからファラオのミイラが発見されたことはなく、王の玄室は石がむき出しになって閑散としている。蓋のない石棺が置いてあるが、王のミイラを木棺にして入れるのには小さすぎると言われている。又、ミイラを安置するのは通常は地下で、高いところには置かない古代の埋葬習慣がある。

こんな話もある。ギザのピラミッド以外で蓋付きの石棺が見つかり、故ナセル大統領臨席で封印を切ったところ、中は空っぽだったらしい。

ヒエログリフ　ヒエロスは聖なる、グリフォは彫るの意で聖刻文字ともいう。古代エジプト文字の一つで、その起源は前3100年頃にさかのぼり、4世紀末まで使用された。絵文字の原形をほぼ完全にとどめる象形文字で、ヒエログリフ、デモティック、ギリシャ語が併記されているロゼッタ石の発見が機となり、1822年フランス人J・シャンポリオンによって解読された。

その他、一人のファラオが複数のピラミッドを建造している例もあり、現在では墓とする説が疑問視されている。

王の墓説以外に、死んだ王が来世へ旅立つの時の儀式のための施設ではないかとも言われたり、星の観測所かもしれないとも言われている。

二十世紀になって、ピラミッドは建設すること自体が目的だったという説がでてきた。何年かに一回はあるナイル氾濫の時、仕事のない農民を救済するのが目的だったのではないかと考察された。できあがったピラミッドは、ファラオの威厳を国内外に示す格好のモニュメントになるうえ、国民の心をまとめる事業ということで、一石二鳥の効果があったと考えられたからでもある。

いろいろと著名な考古学者、歴史学者が今でもいろいろと考察されていることに関して、門外漢の私としてこれ以上のことをコメントする能力はない。

第三の建造方法について。

今の時代と違ってクレーンやブルドーザーなどの機械がない時代、あれだけ巨大なピラミッドが人間の力でよくも造られたことだ、と誰もが思う。クフ王の大ピラミッドの場合、平均3tもある石灰岩をどうやって切り出し約300万個も積み上げることができたのだろうか。今までのところ「ピラミッドの作り方」というような大昔の記録は発見されていない。まず設計図は王の命により優秀な人物がこの重責を任されたことだろう。岩盤が堅牢な地を選び、地面を水平にしなければならない。水平のとり方については、学者はこうしたやり方をしたと言っている。

①溝を掘り、水を流し込む。②水面の高さを記録する。③記録した線（水平面）より上の部分を削る。④凹凸をなくし細かい溝を埋めれば、水平な地盤が完成する。

測量や方位決めは上がる星の位置と沈む位置を円形の壁を作って、その壁に記す。その二点から延びた線で作る角度の半分が真北を指すという訳。多分この方法を採ったであろうと考えられている。

石切りと運搬は石切り場より切り出され、大勢の人夫によって船で運ば

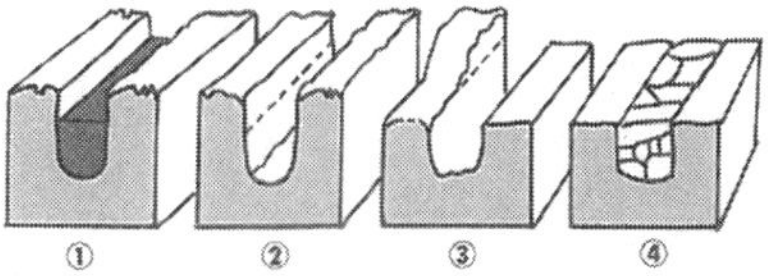
①
②
③
④
水平のとり方

方位の決め方

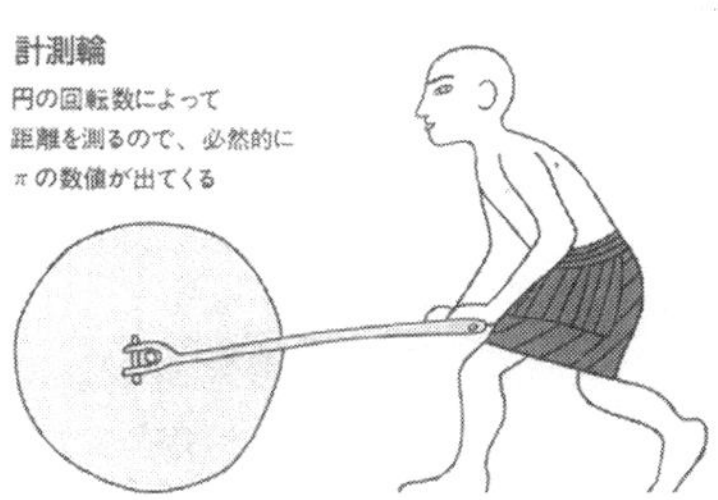
計測輪
円の回転数によって
距離を測るので、必然的に
πの数値が出てくる

れた。これらはナイルの氾濫《はんらん》時に行われたようだ。増水して水位が上がると現場近くまで石材を載せた船を近付けることができ、都合がよかったからだと考えられている。

積み上げは長い斜路をソリを使って運び、指定の場所に着くと正確な立体形になるよう改めて、成形されたであろう。内部に複雑な構造をもつ部屋が造られている。同時着工されたと考えられているが、しっかりした設計図があってこそ可能なのだ。私の能力ではこの作業を想像することですら困難である。

三つのミステリー以外にもいろいろな謎について議論されてきた。

ピラミッドには数の謎もある。ピラミッドを表すさまざまな数値が、自然界や数学で表される数値と関連性があるのでは？　というもの。数値の中で最も重要なのはπ《パイ》の存在を暗示する数値であろう。ピラミッドの底辺の長さを4倍したものを高さの2倍で割ると円周率πが出てくる。（4b÷2h=π）

古代エジプト人がπを知っていたのか、計測輪という道具で、円を測量したためだろうとも言われている。計測輪は円の回転数によって距離を測るので、必然的にπの数値が出てくると考えられる。

又、ピラミッドの高さ146ｍに10の９乗をかけると、地球と太陽の距離に近い数字が出るという。（$146 \times 10^9 \fallingdotseq 146{,}000{,}000$km）

その他の謎の中で面白いのはピラミッドパワーと呼ばれているものがある。フランス人ボビー氏が初めて大ピラミッドを訪れた時に、内部の湿度が高いのにネズミの死骸が腐っていなかったのを見て特別なパワーがあるのではと思った。この報告を知った当時のチェコスロバキアのカレン・ドバルは模型を造って実験した。カミソリの刃をその中に入れた後、使ってみると五十回以上使えたという。ドバルはこの模型で特許をとった。

このピラミッドの謎を書くにあたり有名なエジプト考古学者で工学博士でもある吉村作治※の『ピラミッドとスフィンクス』（※参考図書一覧）を読み大いに学ぶことができた。

吉村作治氏に続けとばかり若きエジプト考古学者河江肖剰《かわえゆきのり》氏（１９７２年宝塚市生まれ）

吉村作治　一九四三年東京生まれ。早稲田大卒業後、カイロ大学考古学研究所留学。日本の考古学者、工学博士、早稲田大名誉教授。
日本におけるエジプト考古学者の第一人者で衛星写真などのハイテクを導入した調査方法で遺跡を発掘する手法が評価されている。
一九七四年に「魚の丘」遺跡・彩色階段、一九七八年に「太陽の船」を発見する。ルクソールの王家の谷・西谷、ダハシュールの神殿付き貴族墓の発掘も手がけた。

が調査隊に加わり、今も活躍されている。彼は高校卒でエジプトに渡り、アラビア語、英語の語学力を磨いた後、カイロ・アメリカン大学で学んだ。師である米国の考古学者や日本の大学教授たちとも組んで、先端技術を駆使してピラミッド研究の最前線にたっている。

妻の仁美さんとは旅行で知り合い、意気投合して結婚、3人の子に恵まれた。ところが仁美さんはがんを患い2009年に他界した。その当時、妻の実家でのっぴきならない状況を知り名古屋に帰国した。そして名古屋大学大学院に社会人入学し、カイロ・アメリカン大学で修士号をとっていなかったにもかかわらず多くの論文があり、異例ではあるが博士号を取得している。

旅も十日目をむかえた。今回のツアーでエジプト風サラダを初め、いろいろな料理をよく食べたが、お腹の調子はすこぶる良い。足腰も意外に耐えている。インド旅行では下痢をして困ったので今回の旅では毎日黒っぽい「一休納豆」を京都の店よりとりよせ食べていた。一休禅師に感謝しなくては。

本日はエジプト考古学博物館の観光だ。貴重な宝の宝庫であるが、中でもツタンカーメンの黄金マスクは圧巻だった。

午後からはカイロ発祥の地オールドカイロの街を見学した。

旅の十一日目。早朝の四時頃からアーザンのマイクの声が響き渡っているのが聞こえてきた。早くイスラム教会に来なさいよ！と言わんばかりだ。駄句をベッドの備付けメモ用紙に書きこんだ。

ツタンカーメン

アーザンや朝のしじまを破りけり

本日は自由行動の日になっている。私たち数人はアレクサンドリアへ列車の旅をすることになっている。二人のガイド以外にポリスマンも一日つきあってくれるようだ。

アレクサンドリアの街はマケドニア王フィリップス二世の子のアレキサンダー大王によって建設され、紀元前三〇五〜三〇年に栄えた。スエズ運河が通り、地中海に臨むこの街は、「地中海の真珠」と呼ばれている。キリスト教徒の地下の共同墓地カタコンベ、ポンペイの柱、グレコ・ローマン博物館等の見学をした。クレオパトラ時代の遺跡は地震で海底に沈み、今の世にも眠ったままである。

この街のシーフードは有名だ。スズキのフライがおいしかった。ガイドのイサクさんが大きな酒屋さんに連れて行ってくれた。酒屋さんがエジプトにあるとは思いの外だった。

旅の十二日目

旅もいよいよ終りになるのでハーンハリーバザールに案内してもらった。特に購入したい物はない。旅行中に露店でオシリス神を描いたレリーフの彫刻石を買っている。オシリス神は冥界の支配者。両手には王権の象徴である玉笏《ぎょくしゃく》を持っている穀物神でもある。

ここではループのスカラベを買った。スカラベはフンコロガシとよばれる甲虫（スカラベウス・サケル）で、糞を持ち上げながら後足で転がしていく様子がまるで太陽を持ち上げているように見え、また卵が産み付けられた糞の中から生まれてくる様子が復活・再生の信仰と結びつけられた。それらのことから、スカラベは太陽神ラーの分身として護符・王の印章、記念碑にも使われている。又、ミイラの心臓部には大型の

オシリス神のレリーフ

スカラベが置かれた。

昼食はナイル河畔で河を行き来する船を眺めながらビーフ料理を食べた。この国の料理はあちこちでおいしかった。

午後からはマニアルパレスや世界遺産モハメッドアリモスクを訪れた。このモスクの庭に井戸があり、ムスリムがここで「アラーは偉大なり」と叫ぶという。私も声を出してみたが、なるほどよく響いた。

心臓のスカラベ

名残を惜しみながら、夕方の便18時15分発のフライトで帰国の途についた。そして十三日目の午後に日本の地を再び踏んだ。
やっぱり日本がいいや！　旅から帰るといつも私はそう思う。

謎を解き明かした石
――ロゼッタストーン

ロゼッタストーン※が、古代エジプト史の謎を一ページ開き、その後の研究調査でいろいろなことを解明してくれた。本来はエジプトの博物館にあってしかるべき石が、ロンドンの大英博物館に至宝として展示されている。この博物館にロゼッタストーンをはじめ、エジプト関連だけで十万点を越す収蔵品があり、質量とも世界最大級である。

※口絵参照（ロゼッタストーン）

私が大英博物館に足を運んだのは、エジプト旅行をした一年後の平成十九年（二〇〇七）四月で一目見たかったのはこのロゼッタストーンだった。かつては表面が木枠で囲まれたガラスケースで覆われていたらしいが、今ではケースは撤去されて手が届かない程度の至近距離に展示されていた。但しガードウーマンが石の横に立っていた。私はこの石の前に時間がたつのを忘れて、じっと見つめていた。発見当時、ヒエログリフ（聖刻文字）※の解読に情熱をかたむけた人たちや、その後のエジプト学に精魂を込めた人たちの熱き思いが、この石よりひしひしと伝わってくるのだった。この碑文石は高さ114cm、幅72cm、厚さ28cm黒色玄武岩製で堂々なる石碑である。石碑は完全なものでなく、上層ヒエログリフの破損がひどく中層の古代エジプト語、下層のギリシャ語にも欠損部分がある。 ※口絵参照(ヒエログリフ)

現地ガイドの話を聞き驚いたことは、この博物館の入館料は無料だという。警備費をはじめ相当大きな費用を国家予算で賄《まかな》っているという。今の世になってもエジプトは返還を強く要求しているが、この万全の管理は貴国では無理だし、世界の人々に無料でとても見学させられないでしょうと英国側は言っている。

返還を強く要求している物にモアイ像がある。勿論、モアイ像はこの一基だけでなく他に多数あり、世界文化遺産に登録されている。太平洋のチリ領イースター島の地元当局の人が五、六人大英博物館に交渉にやってきたとテレビ放送していた。(H30・11・21)

このモアイ像は玄武岩でできており、背面に鳥人の絵が描かれている。他のものは凝灰岩でできている。博物館のモアイ像は高さ約2.4m。英海軍の船長が1868年に現地から運び、帰国後ビクトリア女王に献上された。

このような記事を本年八月の日経の夕刊(二〇一八・八・一一)で読んでいた。大英博物館側はロゼッタストーンを初めとする至宝の数々はそんな交渉に一切応じようとしていない。

イースター島の人は交換にレプリカは作ると言っているが、ロゼッタにレプリカがあるように値打ちが全然違うのである。

いつもの調子で年間６００万人近い入場者があるこの博物館で展示することは「公共の利益」があるとして応じない構をつらぬいている。

モアイ像とイースター島の位置

ロゼッタストーンは、今から二百年ぐらい前にフランスのナポレオン遠征軍に遺跡調査隊が同行していた。ナイル河の西デルタ地帯にある港町ロゼッタで発見したもので、発見地の名からこの名がつけられた。ところが、ナポレオン軍はイギリス軍に敗れ、他の取得品とともに戦利品としてイギリス政府に譲渡されて現在に至っている。

このロゼッタストーンは、ヒエログリフとデモティック（民衆文字）とギリシャ語の三種類の文字で記された対訳碑である。

ファラオの時代が終りを告げローマの属州になってからも、自分たちの伝統を重んじるエジプト人は、古代文字を使用していた。しかしながら、三九二年にローマ教王が異教崇拝を禁じたため、エジプト神殿への迫害と破壊が行われ、三千五百年にわたるエジプト文明もろとも、ヒエログリフは忘れ去られてしまった。

それから時は流れ、ヒエログリフは推理や謎解きの対象となっていた。ナポレオン軍による発見とフランスの考古学者シャンポリオンにより数世紀に及ぶ謎が氷解し始めることになった。この対訳碑より三ヶ国の文字と同一のプトレマイオス５世※の名が判明し、一八二二年にはフィラエ島のオベリスク※の碑文から

オベリスク

プトレマイオス5世　プトレマイオス朝（前三〇四～三〇年）7世はクレオパトラ。プトレマイオス朝からローマ支配時代になる。
オベリスク　ひとつの岩から切り出された建築物。そのほとんどがアスワン産の花崗岩石製で、高さ4～30m、重さ数百tにも及ぶ。ピラミッドと同様に頭頂部が四角錐になっている。ファラオだけがオベリスクを立てることを許された。王の死後、太陽神となり永遠にその力が注がれるよう立てられたといわれている。

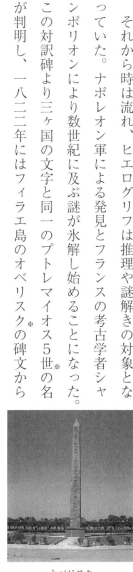

クレオパトラの名を見出し、ヒエログリフの基本原理が解明されていった。石碑にはプトレマイオス5世の戴冠式のことなどが書かれている。

この立て役者としてフランスのシャンポリオンともう一人はイギリスの物理学者トマス・ヤングの名も忘れてはならない。彼は神々や人名を正しく固定することによってシャンポリオンが解読に成功したと言われている。

大英博物館の中を半日かけてガイドについて歩いたり、一人でぶらぶらあちこちのルームを見て歩いた。今となって印象に残っているものは、このロゼッタストーンとモアイ像、そしてシルクロードで発見された板絵だ。この板絵は一九〇〇年の終り頃、オーレル・スタイン※が新疆ウイグル自治区和田（ホータン）のダンダーンウィリクの遺跡発掘中に古びた一枚の板絵を発見した。スタインは賢明にもロンドンの大英博物館にそれを送った。科学的な洗浄をお

板絵　蚕種西漸伝説図

こなってみると、かなり鮮やかに見ることができ、絹の伝説「蚕種西漸伝説《さんしゅせいぜん》」を裏付けることができた。左の侍女が桑の実を隠していた冠を指さし、右の王女との間には繭《まゆ》が盛られた籠が描かれている。

ミイラや各種の小物展示品は、かつて日本にて開催された「大英博物館展」で見学していた所為《せい》もあって、印象がうすかったのかもしれない。

館内の展示はゆったりしたスペースがあり、わが国である各種の展示会のように身動きがとれない状態ではなく、あまり疲れは感じなかった。

特筆すべきはこの大英博物館※の建物である。一八二三年から三十年の歳月をかけて完成している。正面に四十四本のギリシャ神殿風の列柱を持ち、その上に古代の人物像等が多数あり、威風堂々としている。

※口絵参照（大英博物館）

私は帰国後土産用に買ったパピルスに書かれたヒエログリフの絵文字を見ながら、オチヤマヤスヒコとヒエログリフで書いて感無量になったのを昨日のごとく懐かしく思い出している。

オーレル・スタイン　イギリスの探検家（一八六二〜一九四三）。三度にわたりホータン、ニヤ地方の古代遺跡を発掘、また敦煌（とんこう）石窟から古文書を持ち帰り成果をあげた。

Ⅶ　私と石の旅

石の宝殿を訪ねて

大和までも運ばれた石材の産地

生石《おうしこ》神社の石の宝殿は日本三奇の一つと呼ばれ、大きな石の家を横向きにしたように見える、今から千三百余年前の石造物である。因みに日本三奇とは、これ以外に鹽竈《しおがま》神社の鉄製大塩釜、霧島神宮の銅製天《あま》の逆鉾《さかほこ》がある。生石と書いて「おうしこ」。もともとは「生石子」だったのが縮まったといわれている。生石《おうしこ》とは底はまだ岩床から切り離されていないから石が生きているということだろう。

ＪＲ山陽線の加古川駅より一つ西の駅を下車、ほぼ真西、約一・五キロメートルのところに一塊の丘陵がある。ここは竜山《たつやま》と呼ばれている石切り場のある山である。ここで切り出される竜山石《たつやまいし》は「大王の石」と呼ばれ、古墳時代の畿内の権力者の石棺に使用されていた。この石棺の蓋《ふた》は石棺仏として、又、姫路城の石垣にも再利用されてきた。この溶結凝灰岩《ようけつぎょうかいがん》は一般に軟らかく加工しやすく、約一五〇〇万年も前の火山活動で形成されたものと考えられてきた。ところが同じ種類の石でもこの竜山石だけは約九〇〇〇万年前以降に形成されている硬い質の石で、格が違う「大王の石」なのだ。

最近になって溶結凝灰岩ではなく、水中に噴出した流紋岩の溶岩が急冷した特殊な岩石だろうと言われている。

石の宝殿については今日に至るまで考古学者や歴史学や文学の学者たちの間で、この浮石と呼ばれている石造物について、誰が何のために造らせたか、いろいろな説が四十以上も出ており、永遠に謎に包まれている。

私は兵庫県人、しかも播州人で好奇心は強い方だが、今までにこの地を訪ねたことはなかった。まもなく傘寿の大台を迎えようとしているのに、今までは石の宝殿のことは詳しく知らなかったのが本音である。ＪＲに乗って此の駅を通過する度に「次はホーデン、ホーデン」とアナウンスがあると、思わずクスリと一人笑いをしていた。ご存知だと思うがホーデンとはドイツ語で男のシンボル・金玉なのだ。乗車していたドイツ人は思わず自分のホーデンをおさえつけたという笑い話がある。

宝殿に関してはいろいろな説が語り尽くされた感があり、昔と比べ少し忘れられた存在となっていたが、近ごろパワースポットとなって再び脚光を浴びるようになった。このような話を横浜在住の長女にしたら、ぜひ一緒に行きたいという。彼女は最近あちこちの神社仏閣の朱印を集めているようだ。当日、平成三十年（二〇一八）五月十九日は西宮市在住の長男の車で案内してもらったので「次はホーデン、ホーデン」のアナウンスを聞きそこなった。

前置きが少し長くなったが、そろそろ生石神社の参拝の話に移ろう。

昨夜の雨が嘘のように午後から晴れ上がり、青空が見えてきた。参道の寄付者の名が刻まれた竜山石の石柵から垣間見る薄黄色の野いちごが、五月の光をうけ輝いていた。いよいよ浮石と言われる宝殿の前だ。この石の宝殿※に神が二神宿っており大石の前には祭壇があった。案内役の方が二神の簡単な説明とお参りの注意事項を話さ

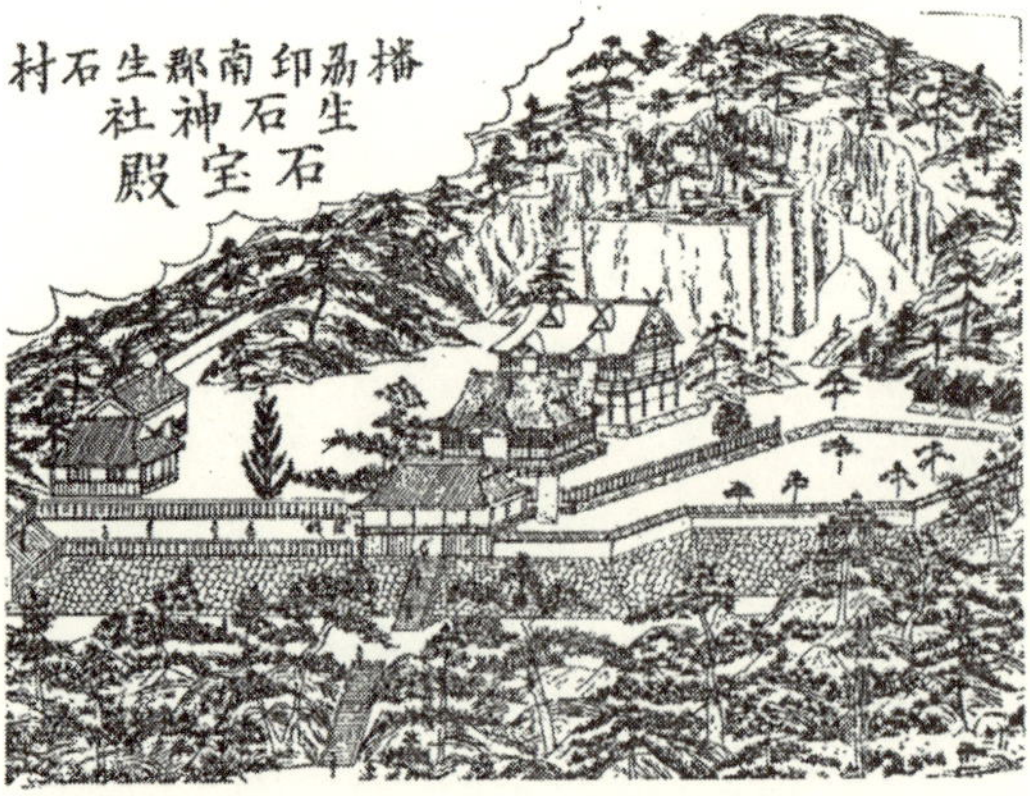

生石神社　中谷与助「播磨名所図絵」（明治26年）による

れた。左には大国主命と書いてあり縁結び、合格祈願の神で、右は少彦名命と書かれて病気平癒、家内安全の神だと説明された。

※口絵参照（石の宝殿）

御神体の周りを左回りに二周してよく見せてもらった。池には金魚が泳いでいた。この池の水は濁ってはいるが絶えたことがないらしい。一ヶ所パワースポットがあり、大石に手を当て深呼吸すると、御神体より気を授かると案内役の人から教えてもらった。ここでは又、体重をかけるようにして片手で押すと、この大石が揺れるようだ、と言われている。やってみたら何だかそんな気もした。

お参りをすませ、この岩山の頂上へと登って行った。石段はこの岩山を削り造ってあった。上からこのご神体の大石を覗いていたら、突然大きな百足《むかで》が私の足元にはって出てきた。何やら神の使いのようで一瞬ドキッとした。頂上から播州平野が一望でき、遠くの播磨灘には家島が浮かんでいた。

※口絵参照（石の宝殿を上から眺める）

かつてこの神社は全焼した。貴重な資料はその時に焼失してしまった。天正七年（一五七九）秀吉の三木城攻めの際、陣所を貸すのを断ったため焼き討ちにあった。その時に持ち去られた鐘は、現在なぜか岐阜県大垣市の安楽寺に置かれている。また生石神社の分社が一ヶ所だけ、山形県酒田市にあったりする。

長女が東《ひがし》宮司さんに朱印帳に記帳してもらっているのを横で見ながら、二、三、話を聞くことができた。

「この地にシーボルト※が来てスケッチを描いたことがあるようですね」

「たくさんの有名人が参拝されていますよ。古くは小林一茶や安藤広重も来られたことがあります。参勤交代の諸国の大名も江戸に向かう途上、道中の安全祈願を期して必ずこの神社に立ち寄っていたと伝えられています」

私は「願い石」と書かれた青色の竜山石のお守りを買った。長女も黄色の方を買った。竜山石は黄、青以外に稀に赤石もあるらしい。石のことで宮司さんはこんな話もして下さった。

「竜山石は昔、宝殿石と呼んでいたが、神が宿っている石の名と

シーボルトの見た石宝殿　「日本」より

同じでは怖れ多いと、竜山石と呼ぶようになったと言い伝えられていますよ」

少し足の疲れもあり、見晴らしのよい場所で腰かけて休憩をしていた。長男一家（嫁と二人の女の子の孫）は岩山の頂上あたりを散歩しているようで未だ下山してこない。先ほど神社を案内して下さった女性が出てこられ、私たちの関係を聞かれた。私は家族の話をし、今「石や岩の奇談」を書いているので取材にきたと言った。

「ご主人はいいファミリーに囲まれて、こんな旅ができるのは幸せですね」

と笑みを浮かべて話された。そして近々テレビ局が取材にくる話もされていた。

石の宝殿を訪ねる前に、二、三の本やパソコンの検索で知り得たことも書いておこう。

石の宝殿は三方を岩壁に囲まれた中に立っている巨岩である。重さ500トンぐらいで、横巾

シーボルト（一七九六―一八六六）　ドイツ人であるが、長崎のオランダ商館の外科医として来日。来日の目的はドイツ政府から依頼された日本国調査だった。やがて長崎出島での外科手術や医療知識が日本人に絶賛され外出診療を許され鳴滝に塾を開き高野長英らに医術を教えた。商館長のお供をした江戸の旅はいろいろなことが調査できた。中でも御禁制の日本の地図を手に入れシーボルト事件がおきる。シーボルトは地図を隠し続けた。永久追放されたシーボルトは帰国後世界に二人といない「日本通」として名を馳せた。

6.4m、高さ5.7m、奥行き7.2mぐらいある。そして池の中で黒っぽい水の上で浮いているように見える。本当は浮いているのではなく、底部は岩盤から切り離されておらず繋《つな》がっている。この宝殿は岩山の上から石炭の露天掘りのような作業で刳《く》り貫かれ、後部は屋根の形をしている。

誰が何の目的でどのように造ったか、千三百年前からここに鎮座する石造物の謎を神話の時代から今日までを、学者たちの智慧を借りながら追っていこう。

播磨の地誌『峰相記《みねあいき》』にはこう書かれている。

「神話の昔、大穴牟遅命《おおなむちのみこと》（大国主命）と少毘古那命《すくなひこなのみこと》が天津神の命を受け国土経営のため、出雲の地からこの地にやってきて石の宮殿を造営しようとしたが、当地の阿賀の神の反乱をうけ、それを鎮圧する間に夜が明けてしまい宮殿は横倒しのまま起こすことができなかった」

生石神社の『社伝』によると、崇神天皇の御代に国内に疫病が流行していた時、この石に鎮まる二神が天皇の夢に現れ「吾らを祀れば天下は泰平となる」と神託があり、創建されたとしている。

『播磨国風土記』の大国里の条にはこう書かれている。

「原の南に作り石がある。家のような形をし、長さ二丈、広さ一丈五尺、高さも同様で名前を大石という。伝承では聖徳太子の時代に弓削大連《ゆげのおおむらじ》が造った石なり」とある。これからすると、物部守屋《もののべのもりや》が造らせた石となるが、聖徳太子が推古天皇の摂政となったのは物部氏の滅亡後であり、時代が合わないとされている。

『万葉集』巻一の中に生石村主真人《おいしのすぐりまひと》の歌がある。

大汝《おおなむち》　少彦名乃将座《すくなひこなのいましげむ》　志都乃石室者《しづのいわやは》　幾代将経《いくよへぬらむ》　　万葉集（三五五）

おおなむちと、すくな彦名が鎮まります
しずの石屋は幾代の昔からありますものか

現在の生石神社の祭神は大国主命、即ち大穴牟遅《おおなむち》の神と少毘古那の神が祭神であることは、この万葉集の歌に由来している。

石の宝殿は江戸時代には地元出身の町人学者、山片蟠桃《やまがたばんとう》は石棺と考えた。本居宣長《もとおりのりなが》は石槨《せっかく》ではないかと考えた。石槨とは棺を納める石造の室。わが国の古墳時代、古墳の内部に石を畳んで造り、その中に死体と副葬品とを葬った。奈良・飛鳥の石舞台がこれである。一時期この石槨説が有力となり、そこから蘇我氏がつくらせたという説も出ていた。

近世になって、この巨石は修羅車で運び出すことができないと考えられ、この地で働く石工たちの使う道具・ノミを象《かたど》ったモニュメントであるという説もある。

松本清張は拝火教（ゾロアスター教）の祭壇だろうと言っている。この巨石の上部で油をたれ流し、火をつけ、火を神格化する儀式を執り行ったと推察した。このような宗教が日本にもあったと言う。因にゾロアスター教は善神と悪神の二元論的構造をもつ宗教で中国では祆教《けんきょう》と言っている。ゾロアスター教は古代ペルシャ発祥の宗教であるが、イスラム教の興隆とともに衰微した。現在でもインドのムンバイ（旧・ボンベイ）を中心に約十万人、中部イランに約一万人等、計十五万人ぐらいの信徒がいる。

その他の説として占星台などとも言われ、議論百出し深い謎のヴェールをかぶったまま今日に至っている。

私は生石神社を訪ねる前に『日本史の謎・石宝殿』の力作を読んだ（※参考図書一覧）。この本で私が関学在学中の頃の文学部教授、武藤誠氏が「石宝殿」の調査報告を兵庫県に出しておられることを知った。地元の高砂市在住で天理大学、西谷真治氏が「石の宝殿」を詳細に調査され「大学学報」に載せておられることも知った。

今、私が住んでいるシニアマンション（ザ・レジデンス芦屋スイート）の食堂で時々お酒を飲みながら夕食を共にするお友達に昭和七年生れ、加古川市出身の大内さんという方がいる。気さくな方で私とは馬がよくあう人生の先輩だ。「近々石の宝殿に行く予定です」と言ったら「実は実家は代々生石神社の氏子でしてね」と言われ、懐かしそうに色々と昔話を聞かせて下さった。「昔のことなんで少し勘違いをしているかも」と前置きして次のような話をされた。

先祖は代々竜山石の仕事をしており棟梁《とうりょう》をしていた。寺に行き「過去帳」を見せてもらい調べたこともあったが、いつ頃からやっていたかは不明である。屋号を大前屋の垣内と言っていた。祖母の話で、今の姓、大内は殿様からもらった姓だとよく聞かされた。多分、殿様は大前屋の大と垣内の内とをとって大内と名づけられたんだろうと思うと話された。私は「大内さんという竜山石の棟梁のことを聞かれたことがありますか」と東宮司に今回の旅で聞いたが、記録にありませんとの事だった。ただ、神社の奉納金が書かれた石棚には何個か垣内姓があるのを見逃さなかった。

秋祭りは神輿《みこし》型の屋台が出て神輿の喧嘩《けんか》があったり、面をかぶった赤鬼が氏子を追いかける神事もあったのを思い出しますと話された。

そして、大内さんは神殿の浮き石に関しては松本清張のゾロアスター教の祭壇説に興味をもっていると話されるのだった。

「もし、そうだとしたら祖先は遠いペルシャの方から来たかもしれず、中近東の血が私の中に流れているかもしれませんよ」

こう冗談を言って血色のよい顔で破顔一笑されるのだった。


平成十四年（二〇〇二）石の宝殿は国の史跡に指定されている。高砂市は周辺の竜山石採石遺跡も含めて保存計画を作り、多くの人が訪れやすいようにルートを設け、不要な樹木を伐採して説明板も整備しつつある。

かつての江戸時代のような賑わいが戻ってくるのを心待ちにして、この紀行文をしめくくりたい。

〈付記〉

一緒に石の宝殿へ行った孫、愛理が次の作文を書いていた。国語の時間に「オノマトペ〈擬音語〉を使って」の作文をみんなでつくる勉強をしたという。私は作文の上手・下手より小学校二年生の子に石の宝殿が、どのように目に映ったかが興味津々だった。

石のじんじゃ

二年二くみ　おち山あいり

五月の土よう日に、かぞくとじいじとパパのおねえちゃんとたかさごの石のじんじゃに行きました。石がうかんでいるように見えるけど、しずんでいるのです。そしてじんじゃの山にのぼりました。たかくてすごくどきどきしました。そして下りました。ほっとしました。かえりにあしやの「かるびらんど」でおにくをむしゃむしゃたべました。さいごにアイスクリームをたべました。ひやひやとしておいしかったです。

西宮・大社小学校2-2「学級通信「ぽっかぽか」No.7」より

沖縄の旅より
——石敢当《いしがんとう》と斎場御嶽《さいばうたき》

日本の本土は、どちらかと言うと木の文化だが、沖縄やお隣の韓国では石の文化が色濃く残っている。

私は今、沖縄の地図をひろげている。琉球列島は、東西に長大な弧をえがいている。南北約4000キロ、東西1000キロという広大な海域を占める沖縄は、地理的に孤立性、隔絶性が強く、本土と異なる歴史を歩んできた。古琉球と呼ばれる十四世紀中ごろに、沖縄本島には豪族たちがおり中山、北山、南山と呼ぶ三つの小国家が成立した。やがて十五世紀に三山は尚巴志《しょうはし》により統一され、琉球王国が樹立された。この時代、中国（明）に朝貢し冊封《さっぽう》※を受け進貢貿易が始まった。日本や東南アジアとも交易し栄えた。

慶長十四年（一六〇九）薩摩藩の侵攻を受け尚寧王《しょうねいおう》は降伏、王国は薩摩藩の支配下におか

冊封　冊封とは中国の皇帝が臣下の国の国王を任命することで、詔勅《しょうちょく》を携えてやってくる使者を冊封使と称した。一度に数百人が渡来し、滞在期間は四ヶ月から八ヶ月にも及んだ。

進貢船

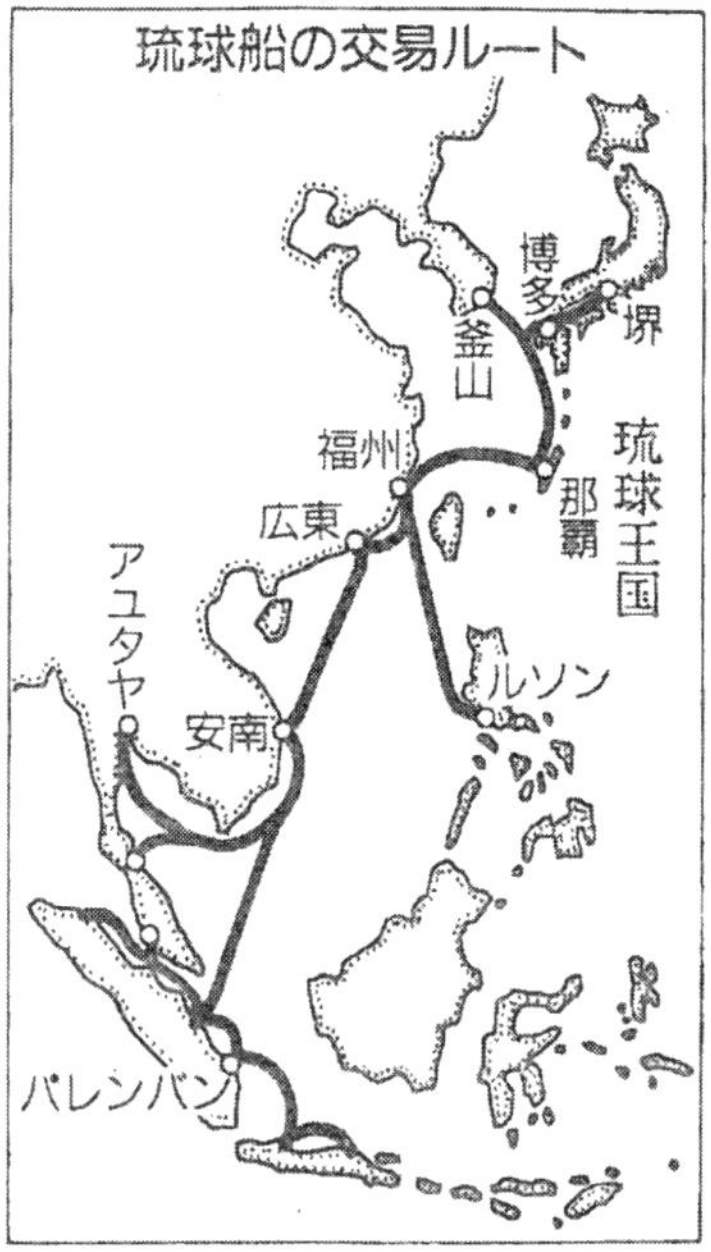

琉球船の交易ルート

冊封使の行列

れた。侵攻以降も冊封を受け続け、薩摩藩と清国に両属する体制となっていた。薩摩藩の役人たちは冊封使が来ている時は表《おもて》に姿を見せず隠れていたと言われている。

近代に入り日本本土で明治維新がおこり、琉球王国は琉球藩となり、廃藩置県で沖縄県となり日本に編入された。

昭和二十年（一九四五）、太平洋戦争では「唯一の地上戦」と呼ばれる沖縄戦の戦場となった。米国は四月一日に沖縄本島の読谷《よみたん》村の海岸に上陸し、瞬く間に島の北半分を制圧し、総司令部の首里城も焼き落としてしまった。

退職後、私は田宮虎彦の『沖縄の手記』（※参考図書一覧）を読んだ。そして豊見城《とよみぐすく》に行きかつて全長1500ｍもあった壕《ごう》を見学した。今では225ｍだけ復元されている。ここに海軍司令部があり、そして首里城に地下室をつくり、ここには日本軍司令部の本部が置かれていた。今でも柵の外から、うす暗い中を見ることができる。

海軍壕出ればこの世はデイゴ咲く

小学生のころ今井正監督の映画『ひめゆりの塔』を見たが、子供心に戦争の悲惨さに胸を打たれたことがある。

さあ、前置きが少し長くなったが、沖縄の石語りをはじめよう。サブタイトルの斉場御嶽以外にユネスコ世界文化遺産に登録されているものに首里城跡、園比屋武御嶽石門《そのひゃんうたきいしもん》※や玉陵《たまうどぅん》※識名園《しきなえん》があり、かつての豪族の居城である美しい石垣の城跡、中城《なかぐすく》、勝連《かつれん》、座喜《ざき》味《み》※、今帰仁《なきじん》を入れて九ヶ所ある。

首里城

※口絵参照（園比屋武御嶽石門）（玉陵）（座喜味城跡）

本年平成三十年（二〇一八）の十月に琉球王家の陵墓、王陵が国宝になった。戦前には首里城の正殿が国宝だったが、太平洋戦争で消失したので今の正殿は再建されたものである。王陵は戦後の沖縄では初の国宝である。

蛙《かわず》鳴く生生流転首里の井戸

沖縄でも、石や岩をもって神々の霊魂・呪力の象徴と信じられてきた。何回かの沖縄の旅で、私の脳裏にしっかりと焼きついている石に関する奇談として、「石敢当《いしがんとう》」と「斎場御嶽《さいばうたき》」がある。沖縄では、各地の村の辻々に、石敢当の文字が刻み込まれた高さ50cmぐらいの石碑を見かける。中には自然石の中に石敢当と彫られたものもある。那覇市内では路地の曲がり角にあり、国際通りの三越伊勢丹の前には大きなものがはめ込まれている。中国伝来の魔除けで、これを村の要所要所に置くと悪魔が入りこまないのだという。沖縄以外でも鹿児島県など九州の他の県でも数ヶ所あると聞いたことがある。

※口絵参照(石敢当)

私は福建省の旅で泉州市内の博物館で陳列されているのを見た。形や大きさは沖縄のものと同じぐらいの石碑である。石敢当の由来は昔の中国にいた人の名で、剛力な傑物だった為、魔除けになってしまったと言われている。石敢当は発祥地の国で消えうせ、沖縄に残っているのが面白い。

沖縄の聖地、斎場御嶽《さいばうたき》（せーふぁうたき）※を訪ねてみよう。この聖地は沖縄の南東部の南城市知念にあり、知念岬公園から徒歩10分ぐらいの所にある。

※口絵参照（斎場御嶽）

ここには、日本神話の枠にはまらない固有の神話がある。斎を辞典でひくと「心身を清めて神に仕えること。または、その人」とあり、御嶽《うたき》とは聖地の総称で神代の昔に琉球の神々が降臨されたところである。

御嶽に一歩足を踏み入れると神秘的な雰囲気に満ちた緑の空間で神社仏閣のような建物はなく、小鳥のさえずりと木々のざわめきが響き渡っていた。上を見上げると、鍾乳石があって、その下に祭壇があり、落ちてくる霊水を受ける白い壺が置かれている。ここが拝所（うかんじゅ）となっている。ガイドが何回となく、「その壺に手で触れないで下さい」と、注意していた。わたしたち日本人はよいとして、マナーの悪い人が多い外国人を案内する時は、ガイドは一苦労するだろうと思った。

沖縄には東御廻り（あがりうまーい）※という巡礼・巡拝が七ヶ所あるが、拝所としてはここが最高の霊地である。

次に「神門」を観よう。神門は巨大な岩が三角形を描いている。底辺が2.5ｍほど、高さが６ｍほどだろうか。左側の岩と右側の岩とがバランスを取りあって安定の場所といわれている。この三角形の造形は、約一万五千年前に起きた大地震により、断層のズレができた、とされている。この神秘性はただものではない。

神門を通りぬけ三庫理（さんぐーい）の奥まったところにくると、左手に神の島・久高島《くだかじま》を正面に望む遥拝所（うとうし）となっている。知念半島より東へ５㎞の海上に浮かぶ島で肉眼ではっきり島影を見ることができる。この島に女神・アマミキヨと男神・シネリキヨの

東御廻り　琉球民族の祖霊神といわれるアマミキヨが、理想郷であるニライカナイから住みついたと伝わる霊地を巡拝する王府の行事。東方を「あがり」と呼び聖なる方角と考えられていた。

兄妹が海の彼方ニライカナイ※から島の北端カーベル岬に降り立ち、クーボの森をつくり、次に対岸の斎場御嶽に渡り、その後に首里まで上っていって、琉球王朝を開いた。琉球開闢《かいびゃく》※の祖神はアマミキヨなのである。

琉球王朝では祖神も、国家の最高神職聞得大君《きこえおおきみ》も女性だ。聞得大君は女性の霊力に対する信仰をもとにした「おなり神」の最高位の呼称である。国王と王国全土を霊的に守護するものとして崇められてきた。一四七〇年から一八七五年までの約四百年間にわたって神事を支えてきた。

斎場御嶽は今でこそ誰でも入ることができるが、かつては国王と聞得大君のみが入場を許された。最初の聞得大君は第二王朝初代の尚円《しょうえん》王の長女が選ばれた。以後、王の孫娘、妻、娘などが就き、廃藩置県で王朝が崩壊したあとも私的に残り、大正時代まで十六代続いた。

日本の原始神道の斎王が女であったように沖縄においてもそうで、神の前では女がより神に近く、男はより遠い。沖縄・八重山列島の信仰は南への憧憬であった。人間にもっとも必要な火も稲も海の彼方の神の島から、もたらされたと信じられてきた。また害虫や疫病もそこから人間の世界に送られてくると思われていた。そして南への志向は八重山列島においてもっとも強烈であったと考えられる。与那国島のさらに南に南与那国島《パイドナン》があり、波照間島のさらに南に南波照間島《パイパトロー》（はえはてるまとう）があると、大昔の八重山の人々は信じていた。因に日本最南端の島は波照間島で最西端の島は与那国島である。

海の彼方に神の島があるという信仰と、現実のユートピアを南へ求める幻想は交錯して、沖縄の人々の信仰の深層を形成している。

以上、谷川健一※の「島の人々の夢を誘うユートピア幻想」※の文章を参考にしてしたためている。

日本の本土や朝鮮半島では神々は天《あま》から天降《あも》るが、琉球の神々は海の彼方からやってくるのだ。それを象徴するが如く、与那国島には海上に突っ立っている立神岩※がこの島のシンボルになっている。

※口絵参照（立神岩）

ニライカナイ　奄美・沖縄地方では海の彼方あるいは海の底・地の底にあると信じられている聖地。

開闢　天と地の開けはじめ。転じて、物事のはじまり。

谷川健一　（一九二一〜二〇一三年）日本の民俗学者、作家、歌人、日本地理学者。日本文学の源流を沖縄・鹿児島などの謡にもとめた。『日本の神々』『南島論序説』『神々の島』（共著）など多数。

「島の人々の夢を誘うユートピア幻想」　司馬遼太郎「週刊街道をゆく」No.8—沖縄・先島《さきしま》への道—の寄稿文より

石語り人語り　余録

私が最初に石に関心を持ったのは小学生の頃で、父親の机の上に、富士山の形をした文鎮が置いてあるのが気になった。それは確か白と少し青みがかった黒色の二色の石だった。今あの石は何処にあるだろう。

※口絵参照（富士山の形をした文鎮）

本年（平成三十年）の夏、古里の播州・神河町吉冨に久し振りに墓参りも兼ねて帰った。「その石なら私も知っているよ」という姪っ子幽香《ゆか》ちゃんが、かつて知った元は実家ということで、あちこちさがしてもらうと、なるほど離れの部屋よりでてきた。

頂きに雪をかぶり、中腹に白雲がたなびいている中々の逸品である。

ひょっとすると父親が愛用していた頃よりも以前からわが家にあって、真言宗、金楽山法楽寺の阿闍梨《あじゃり》※だった曾祖父（弘勝法印から還俗して落山義海）の物だったかもしれぬと、想像をたくましくした。

それにしても人間と石は、どれほど長くお付き合いしてきたことだろう。あのエジプトの

地震で崩れる前と崩れた後のウカエロシキ

ピラミッドの石にしても、今の世にそびえている物より以前に、何回も再利用されてきた石だと、ガイドより聞いたことがある。石は朽ちないので、永遠につながる貴重な存在であると、あらためて思う。

ところが、大石や岩は永遠に朽ちないが、形状変化をさせられてしまう手強《てごわ》い相手がいる。それは大地震である。

本年平成三十年（二〇一八）九月の北海道厚真町で震度7を観測した大地震で、アイヌ民族の伝承があるウカエロシキ（クマの姿岩）が崩れた。岩は平取町の二風谷ダムの近くにあり、三頭の親子クマが山を登っているように見えていた。伝承によると、人に生き方を教えたとされるカムイ（神）・オキクルミが親子グマを射ようとしていたが、逃げられたことに怒り、クマの姿を岩に変えてしまった。三頭のうち先頭をいく子グマの胴体と、一番後ろの親グマの頭部に当たる部分が崩れていると報じられ

阿闍梨　徳があり、行いが正しく、手本となるべき僧。天台宗・真言宗の僧の位。

ていた。国の重要文化的景観に含まれている岩だけに残念の一言につきる。果たして修復は可能なのだろうか。

私は四十代より石に関心をもつようになり、水石の展示会等で比較的安い石をよく買った。ペルーのナスカの展示会で地上絵の鳥絵や魚を彫った石※を買った。中国の旅行でも洛陽の牡丹石※や雲南省でふくろうを彫った石※を買ったことがある。

※口絵参照（ナスカの石・牡丹石・ふくろうの石）

やがてがらくたとなり今でも部屋でころんでいる物もあるし、銀杏《ぎんなん》割りや漬物の重し石として使っているものもある。珍しい赤石はいつの間にか紛失してしまった。誰かがうす気味悪いと言っていたので捨ててしまったのだろう。

私は一時、コレクションに熱心だったが、ある日こんなことを言う人があった。

「石は霊が宿っているので家に置かない方がよい。その石にとって産まれた所が一番よいのですよ」

それ以降、石のコレクションは止めてしまい、いつの間にかあちこち散在してしまったものもいくつかある。

私は一年余りをかけて石や岩の奇談を追い続けていた。ある夜夢の中で、石に不思議な現象が現れ、空中に舞い上がったり海の底に潜っていったりした。ハッとして目覚めた。どうしてこんな夢が?と一瞬思ったが、それは奇談を書いていたから、その余韻で語るに及ばない幻像《ヴィジョン》にすぎなかった。

ここはユング心理学の第一人者、河合隼雄《はやお》※の著である『明恵　夢を生きる』(※参考図書一覧)をひもとこう。

『別冊關學文藝』第五十六号に私の作品を掲載したので神奈川県相模原市在住の甥っ子、宮田浩平君に送本したら、こんなうれしい便りをもらった。原文のまま、ここに紹介したい。

河合隼雄　(一九二八〜二〇〇七年)多紀郡篠山町(現・丹波篠山市)に生まれる。米国、スイスで臨床心理学を学び、帰国後は日本における第一人者として心理療法を実践。日本文化への造詣も深く、晩年は文化庁長官を務める。

前略「石や岩の奇談」ありがとうございます。私は今、河合隼雄の『明恵　夢を生きる』を読んでいます。明恵も「石眼の夢」を見たとされています。河合隼雄は「生身のものが石化するとか、石化したものが生きた姿に還るとかいうテーマは、古来から多くの神話や昔話に生じてきたものである。石化しているものを活性化することは、困難ではあるが大切なことである」と書いています。「石や岩の奇談」もほぼ同じテーマだったと思います。とても深遠なテーマを書かれているのに感心しました。ありがとうございました。　　浩平

明恵（みょうえ）は鎌倉時代、前期の華厳宗の僧。世界遺産、栂尾山高山寺（とがのをさんこうさんじ）を後鳥羽上皇より賜った上人で華厳宗中興の祖と崇められている名僧である。紀州の湯浅湾にうかぶ苅藻島と鷹島から拾った二つの石を生涯肌身はなさず愛玩していたといわれている。明恵上人のあまりにも有名な言葉がある。日常の教えとして次の七文字を持つなりと説いた。

※口絵参照（明恵上人が生涯愛玩した石）

阿留辺幾夜宇和　あるべきようわ

それぞれの器量に応じて、あるべき姿で在りふるまうべきようにふるまえ、ということのようだ。

明恵上人が生涯にわたって自分の夢を記録しつづけた『夢記《ゆめのき》』を手がかりに河合隼雄がこ

の世に名著を残している。

実は、私はこの著を読んでいなく早速読んでみることにした。

「大孔雀王の夢」「塔に昇る夢」に次いで、「五十二位の夢」が書かれている。五十二位の夢は「五十二位の石」とも呼ばれている。

夢ニ大海ノ中ニ五十二位ノ石トテ其ノ間一丈計《ばか》リヲ隔テテ大海ノヲキニ向ヒテ、次第ニ此ヲ並べ置ケリ、我ガフミテ行クベキ石ト思ヒテ其処ニイタルニ、信位ノ石ノ所ニハ僧俗等数多ノ人アリ、而《しか》ルニ信ノ石ヲオドリテ初住ノ石ニイタルヨリハ人ナシ、タダ一人初住ノ石ニイタル、又又ヲドリテ第二住ノ石ニイタル、カクノ如ク次第ニヲドリツキテ十住ノ石ニイタリテ、又初行ノ石ニイタル、……　カノ妙覚ノ石ノ上ニ立チテ見レバ、大海辺畔ナシ、十方世界悉クナハリナク見ユ、……　今ハ還リテ語ラムト思フ、

仏教では求道者（菩薩）の修行の段階を五十二に分け、十信・十住・十行・十回向・十地および等覚※・妙覚※とする。このことが明恵の夢に生じたのである。

因に私がこの著の「石や岩　余話」の中で書いている「浮石寺」の説話が『明恵　夢を生

等覚　正しいさとりに等しいさとりを得た位。
妙覚　迷いを滅し尽くし、知恵がまどかに具わった位。

きる』の中にも書かれている。浮石寺と高山寺は華厳宗の寺で昔はいろいろと交流があったのだろう。

『石を聴く』LISTENING TO STONE※（※参考図書一覧）という本が最近、出版された。サブタイトルは「イサム・ノグチの芸術と生涯」である。その末尾には次のような文がある。

〝一九八八年彫刻家イサム・ノグチが亡くなったあと、その遺灰の一部は卵形の石を割って中におさめられ、石は再び閉じられて瀬戸内海近くの丘のてっぺんに置かれた。〟

イサム・ノグチは日本人の父とアメリカ人の母の間に生まれ、彫刻という芸術と旅のような人生をあわただしく送り、浮名を流したことも多々あったという。歌手で女優の山口淑子《よしこ》（李香蘭《りこうらん》）と結婚生活をおくったこともある。そのようなイサム・ノグチが卵形の石の中で永遠の眠りにつかれた。あわただしい人生を送られた方にとって、この終焉の地はやっと落ち着ける所だったのだ。やがて何処かで石を彫るこのような天才が生まれ変わり誕生することを世界中の人々が待ち望んでいる。

牟礼イサム・ノグチ庭園美術館内、ノグチの墓石

おわりに

「別冊關學文藝」第五十六号、五十七号に「石や岩の奇談」と題して約二十話近く掲載した。今回、単行本を出版するに当り、文芸誌に載せたそれらの作品を書き直したり、「この物語・この民話について」と題し、あとがきを入れたり、新しく五話ほど追加もしている。タイトルも変えて『石語り人語り　石や岩の奇談をめぐって』とした。

写真や絵、その他の資料を入れて、目でも楽しめるように配慮し、お陰様でここに無事出版することができた。

出版に際しては、詩人で文芸評論家の倉橋健一氏より数々のアドバイスをうけた。又、「別冊關學文藝」を読まれた文芸評論家の蓮坊公爾氏や演芸作家でエッセイストの織田正吉氏の親切な心あたたまる書信を頂き感謝している。そして関学文芸会のOB・OGのみなさんを始め、数々の文学を愛する友人より奇談の提供、参考資料の提供、そして励ましがあってこそ本誌の内容を豊かにできたと思っている。

その間にあって、連れ合いの健康状態についても、かつて私が老々介護をしていたので、「奥さん、その後はどうですか」と、何人もの方が声をかけて下さった。現在、近くにある介護施設に入室しているので、毎日のように様子見がてら、世間話をしに行っている。物事は考えようで、連れ合いが元気だったら、もっともっと旅行などで遊びまくって、お酒もたくさん飲んで、とてもこんな本など出版することはできなかったと思う。場合によっては、健康に留意せず、私が病で倒れていたかもしれない。妻は大変だったろうが、私にとっては、これが「人間万事塞翁《さいおう》が馬」となっているのかもしれない。

妻病んで冷たき石の年の瀬よ

傘寿をすぎて今の私の楽しみは、ペンを握ることと、囲碁を打つことぐらいに限定されてきた。かつては旅行、ゴルフ、麻雀《マージャン》、カラオケ、尺八、読書、俳句等たくさんあった。「立てばカラオケ、座ればマージャン、歩く姿はゴルフなり」と揶揄《やゆ》されたこともあった。これらはいずれも下手の横好きである。囲碁のよさは、打っていると何もかも忘れて、その世界に没頭しているのがよい。勝ち負け、段級位は二の次だ。それぞれの所属の会において勝ち負けの結果として、昇級昇段があれば嬉しい限りだ。

私にとって、ペンを握るということは、学ぶことに通じている。年老いて学ぶということは、根気もいるし疲れることも確かだ。疲れたら一休みすればいいのだ。学ぶこと、知らないことを初めて知ることは、私にとって苦ではなく楽しみなのだ。「老いて学べば、則ち死して朽ちず」を胆に銘じ、これからの余生をのりきっていきたい。と言っても、明日は旅立っているかもしれないのが世の常ではある。

私は石や岩の奇談をさがし求めて、その神秘性を語ってきた。しかし、ここはよく考えてみると、「石語り人語り」とタイトルにした通り、石をとおして人を語ってきたのが本当のところだ。と、この本を編んでいるあいだに強く思われてきた。

ある製造業の社長が「おたくの会社は何をつくっているのですか」と聞かれた時に「物作り人つくり」、と答えたという。製造業に長年務めていた私には「石語り人語り」と「物作り人つくり」の言葉が何故かいろいろ深い意味をもっていると、あらためて思えてくるのである。

最後にこの「石語り人語り」の出版に際して、詩人で文芸評論家の倉橋健一氏や出版社の松村信人氏、そして大勢のこの道の諸先輩にお礼の言葉を述べておきたい。

皆さん本当にいろいろとありがとう。

平成の年号、最後の師走を迎えて

二〇一八年十二月のよき日

参考図書一覧

『磐座百選』池田清隆 著　出窓社

『日本歴史人物事典』朝日新聞社〔編〕

『雲根志』木内石亭 原著　横江孚《たか》彦訳　雄山閣

『日本霊異記』景戒 原著『新日本古典文学大系』岩波書店

『伊勢物語』　作者不詳　渡辺実校注『新潮日本古典集成』新潮社

『日本民俗語大辞典』　石上堅 著　桜楓社

『水石』　村田圭司　保育社

『日本古典文学全集』　井原西鶴 著　小学館

『西鶴名作集』藤本義一　講談社

『不思議な石のはなし』　種村季弘《たねむらすえひろ》　河出書房新社

『日本の昔話』　柳田國男著　新潮社

『「童石《わらしいし》」をめぐる奇妙な物語』深津十一　宝島社

『加賀・能登の民話第一集』清酒時男 編　未来社

『西宮のむかし話』生駒幸子　森田雅也　関西学院大学出版会

『西宮ふるさと民話』西宮市郷土資料館

『あしや子ども風土記』芦屋市文化振興財団

『あしやの民話』三好美佐子 著　株木印刷
『神戸の伝説　新版』田辺真人 著　神戸新聞総合出版センター
『兵庫県の民話』編者 日本児童文学者教会　偕成社
『石の博物誌』Ⅰ・Ⅱ　杉岡泰 著　創風出版
『韓国文化シンボル事典』伊藤亜人〔監訳〕　川上信二〔編訳〕　平凡社
『白洲正子と楽しむ旅』共著　とんぼの本　新潮社
『韓国の旅ガイド』韓国観光公社
『古代朝鮮神話の実像』大脇由起子 著　新人物往来社
『ＮＨＫハングル講座テキスト』テキスト一九八五年六月号
『韓国を歩く』編輯 尹学準・黒田勝弘・関川夏央　集英社
『漢詩をよむ』ＮＨＫテキスト　二〇一七年十月～二〇一八年三月
『聊斎志異』清代の怪異小説　丸山松幸 訳　さ・え・ら書房
『ギリシャ神話』ジェームス・ボールドイン著　杉谷代水 訳　富山房
『ギリシア神話』石井桃子 編・訳　富山妙子 画　のら書房
『ギリシア神話』監修 松村一男　実業之日本社
『名画で読み解くギリシア神話』監修 吉田敦彦　世界文化社
『わがまま歩き㉞　トルコ』実業之日本社
『エフェソス』（日本語版）REHBER Basum Yayın Dağıtım Reklamcılk ve Tic.A.Ş.

『ヘロドトス歴史』松平千秋 訳　岩波文庫
『ピラミッドとスフィンクス』吉村作治著　平凡社
『ギザの大ピラミッド』ジャン＝ピエール・コルテジアーニ著　吉村作治 監修　山田美明 訳　創元社
『ワールドガイド・エジプト』ＪＴＢパブリッシング
『大英博物館展—芸術と人間図録』日本放送協会　朝日新聞社
『永遠のエジプト』アサヒグラフ別冊　朝日新聞社
『日本史の謎・石宝殿』間壁忠彦・間壁葭子 共著　六興出版
『播磨国風土記を歩く』文 寺林峻　写真 中村真一　神戸新聞総合出版センター
『兵庫県の不思議辞典』有井基《はじめ》・大国正美・橘川真一 共著　六興出版
『神紀行』九州・沖縄編　江原啓之《ひろゆき》　㈱マガジンハウス
『週刊・街道をゆく』「沖縄・先島《さきしま》への道」司馬遼太郎　朝日新聞社
『新潮現代文学22　足摺岬　沖縄の手記から』田宮虎彦　新潮社
『日本の世界遺産—歩ける地図帳』山と渓谷社編
『てくてく歩き⑮　沖縄 那覇』実業之日本社
『明恵　夢を生きる』河合隼雄 著　京都松伯社
『LISTENING TO STONE　石を聴く』ヘイデン・ヘレーラ著　みすず書房

落山 泰彦（おちやま やすひこ）

1938年（昭和13年）兵庫県神崎郡神河町吉冨に生まれる。
兵庫県立福崎高校卒、関西学院大学商学部卒。
㈱帝国電機製作所（東証一部上場）の役員を退任後、
文筆活動を続けている。

著書 『雲流れ草笛ひびき馬駆ける』（2011年2月）㈱澪標
『目に青葉時の流れや川速し』（2012年7月）㈱澪標
『花筏乗って着いたよお伽の津』（2013年12月）㈱澪標
『へこたれず枯野を駆ける老いの馬』（2015年4月）㈱澪標
『蚯蚓鳴く今宵はやけに人恋し』（2017年6月）㈱澪標

現住所 〒659-0035 芦屋市海洋町12番1-418号

石語り人語り 石や岩の奇談をめぐって

二〇一八年十二月二十五日発行

著者 落山泰彦
発行者 松村信人
発行所 澪標《みおつくし》
大阪市中央区内平野町二 - 三 - 十一 - 二〇三
TEL 〇六 - 六九四四 - 〇八六九
FAX 〇六 - 六九四四 - 〇六〇〇
振替 〇〇九七〇 - 三 - 七二五〇六
印刷製本 株式会社ジオン
DTP 山響堂 pro.